Secretos Inconfesables

Colección Completa

(Oferta Especial 3 Libros en 1)

Mercedes Franco

Tabla de Contenidos

Secretos Inconfesables

Libro 1

Capítulo 1. Las verdaderas traiciones

Por: André Ackerman

Cuando el Führer tomó el poder no sabía las consecuencias que esto traería para el país, y mucho menos en sus vidas. Hasta entonces la fuerte crisis económica en que se habían visto sumidos con la derrota alemana en la Gran Guerra, como se le llamaba hasta entonces, les llevó a buscar una esperanza, algo a lo cual aferrarse entre tantas desgracias y todos los malditos cadáveres pudriéndose en las calles.

Ese día 30 de enero de 1933 muchos fueron a ese lugar simbólico para celebrar la toma de posesión del Canciller, el desfile era impresionante, ver como miles de antorchas pasaban por las Puertas de Brandenburgo. La sensación era electrizante, emocionante, nadie fue inmune a ello, incluyendo el doctor André Ackermann. Al asistir a ese evento también, al igual que los demás, tuvo que reconocer que ese hombre ejercía sobre todos un magnetismo inexplicable.

La emoción que se respiraba entonces era algo inexplicable, éste aún se erizaba de sólo recordarlo. Los jóvenes, especialmente, estaban vibrantes de la emoción, muchos lucían sus recién adquiridos uniformes de la SA, y existía un buen ánimo general, así como una sensación de esperanza. Todos gritaban a coro la consabida consigna, mientras él proclamaba su discurso lleno de palabras altisonantes sobre la supremacía de los arios.

Sin embargo, Ackermann era lo suficientemente inteligente para no dejarse influenciar por ese hombre que ni siquiera era alemán, sencillamente no le inspiraba confianza. Y aunque quería mantener el bien ánimo no mostraba muchas esperanzas que esto fuese la verdadera solución para su querida Alemania.

También fue testigo de las atrocidades a las cuales algunas recurrían para sobrevivir, incluso a costa de la vida de otros. Entonces llegó este hombre, les prometió salir de las sombras y recuperar la supremacía alemana que había sido robada por los franceses, y todos aquellos países que fueron tan culpables como ellos de toda esa terrible matanza, pero que se lavaron las manos en medio de tanta miseria. Él representó la esperanza para todos, con esa manera de hablar, tan enérgica los hizo sentir orgullosos nuevamente de ser alemanes.

A sus 28 años tenía la madurez y los conocimientos necesarios para entender de forma temprana que todo eso no era más que un gran error, ese hombre no representaba libertad, sino que era el arquetipo de su propia justicia, de una sociedad que lo había orillado al ostracismo, de la cual se vengaba a costa de todos, por puro y simple capricho, con las motivaciones más mezquinas del ser humano, es decir, por ego. Por su profesión no podía dejar de analizarle, dándose cuenta que era una persona profundamente enferma.

No era una persona interesante, ni mucho menos, no era un héroe de guerra, ni un gran militar o estadista. Era nadie, uno más entre el montón de alemanes que sólo formaban un tumulto anónimo, un profesional sí, aunque destacado, pero eso para el Partido Nacional Socialista no representaba mucho. Pero el destino le orillaría hacia ese sistema sucio para hacer algo sobresaliente, aunque aún no lo sabía.

Recordaba esa sensación de adormecimiento en la lengua, de cómo la guerra se había llevado todo, menos su esperanza. Pero ese día 10 de agosto de 1950 se había propuesto escribir un testimonio de cómo había sobrevivido a esa guerra, de cómo estuvo en medio del huracán y logró superar al holocausto más grande que el hombre moderno haya podido contemplar. Y de qué manera dentro de él aun habitaba un rescoldo que no se pagaba jamás.

- Ackerman, cómo está.
- Muy bien y usted señor Scholtz.

- Qué le parece, al fin con este hombre podremos ser libres, esos malditos franceses tendrán que comerse sus palabras y sus sanciones.
- Así es, le respondió sin mucho entusiasmo, no estaba seguro que opinión dar al respecto, pero sus instintos le decían que lo mejor era mantenerme neutral.
- Y bien, este hombre Hitler es el líder que estábamos necesitando, ahora sí saldremos de este desastre del cual todos esos políticos no nos han podido sacar, esos comunistas y toda esa lacra, incluso Hindenburg con sus posturas recalcitrantes e intolerantes.
- Eh, sí, bien señor Scholtz lo dejo, tengo que hacer algunas cosas, le dijo para salir de la molesta conversación, después podemos tomarnos un café.
- Sí claro Ackermann, cuando guste.

Subió los 200 escalones que lo separaban de su departamento, sin ganas abrió la puerta para descubrir el lugar solo y oscuro. Cuatro años atrás había perdido la alegría de vivir cuando murió su esposa Helga, aún tenía su foto en la mesita de la sala, era hermosa, un verdadero portento de belleza germana, su cabello rubio y ondulado, sus ojos profundamente verdes y su piel blanca como la porcelana.

- Me haces falta, le dijo, mucha falta, amor.

Y el silencio le respondió con su aterrador eco, profundo y solitario, el oscuro apartamento parecía un reflejo de sus propios sentimientos, la luz se había perdido entre los resquicios de las cosas amontonadas en los rincones. Si Helga hubiese visto eso se habría molestado mucho, imaginó su cara de desaprobación al ver las pilas de libros de medicina amontonados en uno de los rincones de la sala.

Dio un suspiró de melancolía, la verdad no tenía tiempo, ni ánimos para ponerse a arreglar ese apartamento, era hora de buscar a una persona que se encargara de esas cosas, Helga sabía cómo hacer de ese lugar un espacio maravilloso, pero él era otra historia. Se sentó en el sofá y subió su cabeza para mirar el techo, observó con horror que entre las vigas se asomaban algunas telarañas las cuales envilecían el espacio. Antes eso

6

hubiese sido inadmisible, Helga era una artista de la limpieza y adoraba la luz del sol veraniego entrando por el ventanal de la casa, con ella toda la estancia siempre tenía un cálido olor a lavanda.

Ahora el mundo parecía mucho más pequeño y oscuro, se había reducido a las 10 cuadras que lo separaban de su consultorio, el hospital, la vida de sus pacientes, la tienda de comestibles y los momentos dedicados a su estudio e investigaciones personales. Incluso luego de la muerte de Helga la profunda depresión en la que se había sumido le impidió continuar con sus horas como docente en la Universidad Técnica de Berlín.

Poco a poco se fue sumiendo en una terrible depresión, y cada vez se le hacia más difícil escuchar a sus pacientes y tratar las causas de sus problemas. Para él, además, la psiquiatría era una ciencia que debía avanzar, ya que aún se usaban métodos que consideraba atrasados para su tiempo, y que solamente sometían a dolores innecesarios a los pacientes.

Recordó a Gertrude, una infortunada paciente que había sido sometida a constantes tratamientos de electroshock, y que terminó volviéndose loca por las descargas, había arremetido desesperada contra el médico y entonces fue sometida a una lobotomía que la dejó lisiada de por vida. Esta terminó en un hospital psiquiátrico, con la mirada eternamente perdida en el horizonte.

Era hora de exponer otras técnicas más evolucionadas, las cuales, de acuerdo a sus estudios debían enfocarse más en hacer que el paciente pudiese salir adelante por sí mismo, generando estrategias que le permitieran hacerse más funcional con relación al entorno. Algunos de sus colegas lo veían como demente, a que el enfoque Freudiano y el tratamiento con drogas eran altamente efectivos en pacientes con demencias, y aunque él entendía que en casos graves era necesario un tratamiento más complejo era injustificable someter a esas personas a todo tipos de cosas que parecían sacadas de la época medieval, y que resultaban indignos para la medicina moderna.

Así en su tesis proponía la importancia de la conversación y sobre todo de establecer un programa para el paciente con ejercicios que le permitieran superar sus fobias y miedos, haciéndose un completo revolucionario en la materia. Su fama de había ido acrecentando y ya, muy a su pesar, contaba con diversos pacientes entre los militantes del partido Nazi.

Una vez que el Führer ascendió al poder, se fue dando cuenta que las medidas tomadas por los altos dirigentes sólo causarían una reacción en cadena que generaría un completo desastre en la sociedad alemana. Uno de estos casos era el conocimiento a voces de ciertas personas que eran llevadas a clínicas de "rehabilitación" y nunca más aparecían, en ciertos casos con anuencia de sus familiares y en otros simplemente nunca más se les volvía a ver. Entre ellos contaban con personas con retraso mental, que estaban gravemente lisiados e incluso aquellos a quienes se les había tildado de homosexuales, comunistas y otros líderes políticos.

Poco a poco se empezó a respirar una atmósfera pesada, y se sembró cierto pánico entre los ciudadanos, pero nadie se atrevía a decir nada. Las investigaciones habían comenzado y todos los que estaban expuestos a ellas podían tener claro que si se conseguía alguna rama espuria entre sus antepasados esto les perjudicaría gravemente.

Los días se sucedían entre chismes y comentarios de las nuevas novedades y parecía que no acabarían nunca. Él hacía caso omiso de la mayoría de ellas que solamente eran chismes, pero en otras situaciones veía con horror que los comentarios eran ciertos, Por ejemplo el día que el señor Isaac Sherman había sido apaleado por transitar en la plaza. El señor Sherman era una persona respetable y un excelente comerciante, pero de un día para otro parecía haberse convertido en el enemigo, un objetivo para atacar.

Las cosas siguieron así hasta el día que fue invitado a una cena con los militantes del partido Nazi, se decía que los altos dirigentes del partido estarían ahí, e incluso se manejaba que el propio Hitler en persona asistiría. Aunque no deseaba ir le era conveniente por asuntos laborales, el trabajo había mermado como consecuencia de las propias legislaciones del gobierno Nazi, por ende él se había visto en la obligación de buscar trabajo en un hospital público, examinando a los pacientes y luchando para que no los enviasen a las clínicas donde sabía que estos serían masacrados.

Ahora todo debía manejarse de forma confidencial, como un gran misterio, una visita a un psiquiatra representaba una muestra de debilidad. Por ende, había que andar con buen tiento, afortunadamente para él entre sus clientes de la SS habían oficiales que necesitaban de "medicinas" para poder aguantar las intensas jornadas a las que se veían sometidos, y él quisiera o no debía recetarlas, al menos si quería seguir trabajando y teniendo una vida libre, sin el acoso al cual estos oficiales sometían a los que no se plegaban a sus designios.

Esa noche deseaba, pese a todo pronóstico, mantenerse al margen de los temas de discusión de la supremacía Nazi, los judíos y todos esos aspectos pesados que a muchos de ellos le gustaban tratar. De pronto, entre la multitud emergió una figura interesante, una espigada mujer de cabello rubio y grandes ojos verdes, en su boca a pesar de sonreír se dibujaba una especie de tristeza, un aura de pensamientos lejanos, y parecía muy ajena a todo cuando sucedía a su alrededor.

Las demás mujeres que allí estaban reían y algunas incluso bebían con los oficiales más de la cuenta, cosa que en otros círculos hubiese sido mal visto, pero allí se les motivaba a tratar con ellos, incluso algunos hombres que se sabían casados estaban allí con otras mujeres que no eran sus esposas. Esto chocó con la moral puritana de André, quien estaba acostumbrado al respeto y al matrimonio como una sociedad inalienable.

- Ackerman que gusto nos haya podido acompañar, le dijo el oficial Ernest Klink, el cual ostentaba un alto cargo en el partido Nazi, y se caracterizaba por su falta de tacto y prudencia.
- Buenas noches, gracias por invitarme.
- No podría dejar por fuera a tan insigne figura, además el Brigadefuhrer Volker Otis Furtwangler está aquí, y me pidió que lo invitara.
- Excelente, muchas gracias por la deferencia.
- Por cierto está por allá, venga para presentárselo.

- Y qué desea conmigo.
- Francamente no lo sé, pero me pidió eso, y usted sabe que el general Otis no admite un no como respuesta.
- Bien, entonces vamos.

Avanzaron entre la multitud, algunos tenían cara de haber bebido más de la cuenta, se denotaba el derroche y el exceso de dinero desde las costosas bebidas, la decoración, la ropa de las mujeres y la comida, que chocaron en André por contraste con la miseria que se veía en algunas zonas de la ciudad. La inminente guerra ya comenzaba a cobrar sobre los fondos del país.

- Buenas noches general.
- Buenas noches Klink.
- Aquí está, como se lo prometí el propio Ackerman en persona.
- Oh bien, buenas noches doctor Ackerman.
- Buenas noches general Otis.
- Bien, retírese por favor Klink.
- Muy bien señor, e hizo una reverencia militar.
- Esta fiesta es muy agradable, gracias por invitarme señor.
- No lo invité para disfrutar de una fiesta Ackerman, sino para otra cosa, le dijo cortante.

Volker era un hombre alto, espigado, fuerte y enérgico, que le miraba con completa seguridad con sus penetrantes ojos azules, parecía casi no tener cejas, pues era un hombre muy rubio, y esto le daba un aspecto más agreste y rudo, casi amenazante. Era un hombre de 43 años que respetaba los parámetros del Fuhrer, pensaba que un verdadero hombre alemán debía ser alto, fuerte como una columna y como decía Hitler "rápido con un galgo".

- Oh bien señor, usted me dirá en qué puedo ayudarle.
- Venga conmigo, por aquí, y entonces lo condujo por un pasillo hacia una oficina.

Cuando entraron este se sorprendió del gran lujo y distinción que se respiraba en el lugar, desde los muebles pasando por toda la decoración que exudaba una completa sofisticación, los muebles de cuero y con sucintos adornos abigarrados en un estilo art decó, no muy patrióticas para los tiempos que se estaban viviendo.

- Siéntese Ackerman, aquí, le dijo señalándole uno de los mullidos y exquisitos muebles.
- Bien general, como usted diga.
- Se preguntará el porqué de tanto protocolo.
- En realidad no general.
- Bien, entonces le diré, no sé si conoce a mi esposa, Frau Dorota Furtwangler.
- No, no he tenido el gusto de conocerla.
- Bien, lo cierto es que últimamente no se ha sentido muy bien, y yo he creído conveniente que usted la revisara, por supuesto en la suma discreción que bien conoce, y como ya me lo han referido y recomendado algunos de mis oficiales por su profesionalismo.
- Por supuesto señor, como médico trabajo en la más estricta confidencialidad.
- Bien, ese es el protocolo que manejaremos, y usted conoce que soy sumamente estricto con mis requerimientos, si no se cumplen de la manera que le digo usted podría meterse en serios problemas señor, porque esto es un asunto...
- Ni más faltaba general, no es necesario eso, yo sé respetar perfectamente la privacidad de mis clientes, no tiene nada que sospechar acerca de mi ética como doctor, conozco perfectamente los protocolos, y personalmente como usted ya sabe he tratado con algunas personas de su partido en completa discreción.
- Perfecto, entonces empezaremos pasado mañana, pero obviamente no en su consultorio eso sería algo estúpido, usted irá a una dirección que yo le daré, y allí en horas de la tarde, para que no hayan sospechas de nada ¿me entiende?
- Perfectamente general.
- Perfecto, ya puede retirarse Ackerman, le dijo con una sonrisa un tanto siniestra.

- Bien, respondió tratando de disimular el terror que este hombre amenazante le causaba.

Se levantó con las piernas petrificadas, era lo último que hubiese querido, involucrarse con uno de los militares de alto rango como este, ponerse en la mira de un hombre tan poco recomendable podría tener consecuencias muy negativas para su vida. Entonces cuando salió detrás de él venía el general y la hermosa mujer rubia que había vista más temprano se le acercó con rostro un tanto apagado y él le pasó el brazo por la cintura. Entonces se lamentó de su mala suerte pues se dio cuenta que la bella dama que tanto le había gustado era nada más y nada menos que Frau Dorota Furtwangler.

- Doctor le presento a mi esposa.
- Mucho gusto Frau Furtwangler.
- Mucho gusto doctor, le dijo con una voz un tanto apagada.

Sus ojos parecían perdidos y delataba realmente un estado depresivo extremo, con profundas orejas mal disimuladas con maquillaje. No pudo dejar de observar sus labios, eran un tanto gruesos y plegados como a punto de dar un beso, y esos ojos parecían como el agua de un intenso tono verde cristalino y puro.

- La fiesta es muy agradable, dijo para tratar de disimular su turbación.
- Sí, dijo el general mirándolo de arriba abajo con desprecio por el tonto comentario.
- Sí, dijo su esposa y bajó la vista al piso.
- Bien doctor, un placer hablar con usted.
- Igualmente general.

Entonces este se alejó caminando y sujetando más con dureza que con ternura a su esposa, él la vio alejarse y se sentía mal por ella, se preguntó como una mujer tan hermosa podría haber caído en los brazos de un salvaje como ese, que se veía por encima la clase de hombre que era. A veces pasaban cosas así en la vida, tal vez un matrimonio por conveniencia, eso era lo más común.

- Buenas noches doctor, le dijo una hermosa pelirroja con una sonrisa de oreja a oreja.
- Bunas noches señorita, ¿la conozco?
- Usted no me conoce pero yo a usted sí.
- No creo tener la suerte.
- Para que vea le dijo con audacia pasándole un copa de champaña.
- Gracias, le dijo admirado con la audacia de la mujer.
- Y bien, qué le parecen las fiestas del partido.
- Muy buenas en realidad, buena comida, buena música, interesantes personas y...hermosas mujeres, le dijo mirándola con galantería.
- Oh doctor, podemos decir que la comida y las hermosas mujeres es cierto, porque seamos sinceros, lo más interesante que hay aquí somos usted y yo.
- Jajajajaja señorita tiene usted un muy particular sentido del humor.
- Sólo soy sincera.
- Cómo se llama usted señorita.
- Para usted soy Mae, dígame simplemente Mae.
- ¿Mae? Como Mae West.
- Jajajajajaja sí, soy actriz.
- Ya veo, pero déjeme decirle que usted es mucho más hermosa que esa rubia.
- Lo sé, pero ella es más famosa que yo.
- Y esas son sus aspiraciones en la vida.
- Sí, quiero ser una gran actriz como Marlene Dietrich, mire que lejos ha llegado.
- Al parecer le gustan las rubias.
- Jajajajaja me gusta la fama, diría más bien.
- Pero no me ha dicho de dónde me conoce.
- He oído hablar de usted doctor trabaja con alguien que conozco.
- ¿En serio? ¿Quién?
- Eso no importa, volvamos al tema de la fama ha visto usted el Ángel Azul.
- Sí querida, pero la verdad no la veo como una buena película.

- Eso no importa, hay mucho estilo en esa mujer y le aseguro que yo seré igual que ella, le dijo haciendo un gesto audaz con su mano.
- Usted es una mujer muy segura de sí misma Mae, y espero que logre todo lo que se propone en la vida, le dijo tratando de apartarse del lugar.
- Espero doctor, no se vaya, o es que soy tan aburrida así para usted.
- No para nada, dijo mientras trataba de mirar a Frau Furtwangler con la que había coincidido por unos segundos.

La mujer hizo un gesto levantando sus cejas y sonriendo de lado con sus hermosos labios color escarlata.

- Tenga cuidado con esas miradas doctor, o puede meterse en muchos problemas.
- A qué se refiere, dijo él un tanto molesto.
- Me refiero a Otis, ese hombre es un animal.
- Cuidado señorita, creo que es usted quien debe tener cuidado con sus palabras, Volker es un hombre realmente explosivo, posesivo diría yo.
- Usted parece conocerle muy bien.
- A ese hombre nunca termina de conocérsele, le dijo acercándosele al oído.
- Señorita, quien es usted le dijo él sospechando de ella.
- Por favor doctor, necesito que usted salga de aquí conmigo, que todos piensen que nos hemos ido juntos, a lo que sea, a usted sabe qué.
- Se ha vuelto loca señorita.
- No, por favor, necesito que lo haga, es la única manera que nadie pueda sospechar.
- No entiendo.
- Necesito que me haga un favor.
- Cuál.
- No le puedo decir aquí, por favor váyase conmigo, hablamos fingimos haber bebido, nos vamos juntos y luego le digo lo que pasa, es algo urgente, le dijo mirándolo con cara de desesperación.

Él se quedó mirándola, haciendo un análisis de sus gestos y la forma como lo observaba, la manera como estaba parada y los gestos de sus manos, parecía real y se veía realmente desesperada.

- Bien señorita, pero nada de salir ebrios.
- Bien, como quiera pero así es más realista.
- Soy un doctor señorita, no puedo aparentar ser un borracho.
- Usted no, pero yo sí.
- Bien como quiera señorita.
- Traeré más champaña.
- Como quiera, le dijo él, pensando en qué problema se habría metido aceptando las insinuaciones de esa mujer.

Ella avanzó moviendo sus caderas ceñidas en ese sensual vestido rojo que dejaba ver hermosa espalda, blanca como la porcelana, su melena hasta los hombros brillaba con ese tono rojizo intenso y hermoso, caminó hasta el otro lado del salón, y se volteó para ver si él la estaba observando, y sonrió efectivamente cuando se percató que así era. Tomó con sensualidad las dos copas y luego se volvió hacia él con una sonrisa se la entregó en su mano.

- Gracias señorita.
- Dime solamente Mae.
- Por qué seguimos jugando a esto.
- Porque aquí hasta las copas tienen ojos, usted sólo sígame la corriente doctor.
- Estoy muy grande para juegos.
- Por favor doctor, sólo usted puede ayudarme, usted está alejado de todo esto.
- Cómo lo sabe.
- Lo sé, como sé que le ha llamado la atención Frau Dorota, pero eso es casi como la muerte, así que le conviene que lo vean saliendo de aquí conmigo, es lo mejor para usted.
- Bien, tómese su copa señorita, y sígame contando de esas interesantes aspiraciones suyas en el cine.

- Pues, entonces le contaré que soy muy buena actriz, he trabajado en teatro y espero llegar al cine, pero en Estados Unidos señor, allá es donde está el dinero Mary Pickford, Pola Negri, Claudet Colbert, todas se han formado desde abajo, allí hay oportunidades para todos, es la tierra de las oportunidades.
- Cierto, eso he oído, dijo él tratando de fingir una conversación animada con la mujer, pero preocupado pensando qué tan buena actriz era, y para quién estaba actuando realmente.
- Dicen que Charles Chaplin le da oportunidades a damas así, hermosas como yo, y que con sus películas pueden aspirar a salir adelante en Hollywood.
- Excelente señorita, entonces debería hacerlo, partir a América para lograr sus sueños.
- Usted no me dirá que es una completa locura.
- En lo absoluto, yo siempre he pensado que uno debe ir tras sus sueños.
- Lo mismo digo doctor, mi madre hace tiempo que perdió las esperanzas conmigo, dice que nunca seré una mujer decente, usted sabe, de esas que andan con cara de tragedia detrás de un hombre, teniendo hijos y atendiéndolos, no nací para eso.
- Y cree que esa es la conducta de una mujer decente.
- No lo sé, ni me interesa, nunca he aspirado a ser una mujer decente.
- Vaya, tales palabras señorita no debería pronunciarlas en voz alta.
- Cree que si lo fuera estaría en esta fiesta, solamente a Volker se le ocurre traer a su infortunada esposa a este lugar, vea a los demás oficiales, a cuáles ha visto con sus esposa, todas esas chicas han sido escogidas para "entretener" a los oficiales.
- Y, perdóneme la pregunta, usted es una de esas señoritas.
- No jajajajaja, ya quisiera yo ser una de ellas, las ve, lucen tan despreocupadas y felices están ajenas a todo lo que pasa a nuestro alrededor doctor.
- Y qué es lo que pasa a nuestro alrededor señorita.

- Usted lo ha visto, cosas terribles, terroríficas, y no ha visto nada, yo desearía nunca haber visto nada también, porque ahora no puedo volver atrás.
- Tranquila, es mejor no hablar de eso, quédese aquí, déjeme ir por dos copas más.

En ese momento uno de los camareros pasó con una bandeja llena de la mejor champaña, y él tomó dos copas pasándole con delicadeza una a la mujer.

- Y bien, sigamos bebiendo entonces.
- Sí, pero no hablemos de temas, digamos álgidos, es mejor mantener la conversación ligera, en ese momento llegó Klint y los interrumpió.
- Oh rayos Ackerman, ya veo que no pierde usted el tiempo, esta noche ha tenido una buena pesca.
- Así parece señor, le dijo siguiéndole la corriente.
- Esta hermosa señorita es todo un portento, le dijo pasándole la mano por la cabeza, ella fingió una sonrisa mientras él lo hacía.
- Sabe que hoy me topé con un grupo de estos, estos, como diría, indeseables judíos, ¿no le parece que son una desgracia para nuestra país?
- A qué se refiere Klint, dijo André, tratando de mantener la compostura.
- Me refiero a que deberían sacarlos de Alemania, es tiempo que el dinero esté en manos de alemanes y no de esos malditos judíos. Estoy cansado de verlos con las manos llenas de dinero mientras muchos alemanes se mueren de hambre, pero el Führer cambiará eso, la economía debe estar en poder de ciudadanos germánicos legítimos, y no de esa escoria.
- Es usted muy apasionado en su discurso Klint.
- Como debe serlo todo buen alemán señor, o acaso usted es un defensor de esa no diría gente, de esos seres que obviamente son inferiores a nosotros.
- No he dicho nada señor, sólo que prefiero hablar de temas más livianos, como el que me estaba comentando la señorita.

- Ackermann me decepciona, pensé que usted era un hombre más despierto, pero ya veo que la señorita lo tiene obnubilado, y bien, no lo culpo, espero la pase muy bien esta noche, le dijo con un gesto mordaz, y sus vivaces ojos azules centellaban como si buscase en su mente algún recuerdo.
- Bien Klint entonces entenderá el porqué de mi desapasionamiento por sus temas de conversación.
- Entiendo perfectamente Ackermann jajaja, es usted un bribón, y yo que lo hacía un tipo más bien chapado a la antigua, me sorprende, y gratamente, le dijo atreviéndose a darle un pequeño codazo, algo completamente inaceptable en una sociedad respetable.

La mujer escrutó a Ackermann y verificó el malestar que había expresado por el gesto del oficial, dándose cuenta que era cierto lo que pensaba de él, era un caballero, que le molestaba esas expresiones vulgares y de mal gusto, tan a tono entre la intimidad de los militantes del nazismo, sobre todo de ciertos militares de rango medio. Se hablaba de las fiestas fastuosas y el despilfarro, pero también de las orgías que se sucedían en el pleno corazón de Berlín, fiestas en las cuales se les suministraba a los soldados abundante alcohol y mujeres dispuestas a lo que fuese por dinero.

- Escuché que el Führer vendría aquí, dijo André al oficial.
- Le informaron mal, él jamás vendría a este tipo de reuniones, es un hombre digamos de gustos más discretos.
- Me imagino, dijo él sin creerle mucho.
- Bien, los dejo para que continúen hablando, después repasaremos algunas notas, le dijo a Ackerman quien trató de disimular el desagrado que le producía las confianzas del oficial.
- Y bien doctor, no ha simulado usted muy bien sus sentimientos hacia el oficial.
- Usted tampoco.
- Ese hombre es un completo descerebrado, puro músculos y altura, un verdadero portento de la raza aria ¿no cree usted? Es el

perfecto soldado de Hitler, rubio y listo para dispersar la semilla de la raza suprema.

- Y usted cree en eso o esto es otro de sus sarcasmos.

- Me gustaría creerlo, sabe doctor, quisiera pensar que realmente descendemos de los atlantes y todos esos cuentos tan bonitos, pero la verdad es que no, porque cuando usted ve a personas hacer cosas atroces se da cuenta que no pueden descender de los atlantes, sino de alguna especie de animal carroñero, sucio y vil.

- Cuidado con sus palabras.

- Yo juego doctor, puedo darme ese lujo, pero usted no, porque es un hombre serio, en cambio yo soy casi una mujer devaluada, mi única oportunidad es huir de todo esto, lejos e inventarme una historia, otra vida, bien alejada de toda esta basura.

- Me intriga señorita, me intriga, ¿hasta cuándo vamos a estar aquí actuando?

- Hasta que yo le diga doctor, sólo espere.

- Sabe, estoy sospechando que soy parte de algún plan que se trae entre manos, y si es así le ruego que me deje fuera de él...

- No, no quiero traerle problemas de ningún tipo doctor, usted se nota es un buen hombre, yo soy punto menos que una dama, no puede aspirar a ese tratamiento, digamos más bien que soy una mujer desesperada, a punto de la entera desesperación, tanto como para estar con esos cerdos.

- Señorita Mae.

- Bien, ahora doctor, vámonos, dijo dirigiéndose al mayordomo para solicitarle su abrigo, venga rápido.

Otis se les quedó viendo al trasponer la puerta de entrada, mientras salía con la mujer éste le sonrió y le agitó con descaro la mano, como con complicidad, sin importarle que estaba su esposa al lado.

- Bien doctor, ahora contará con la simpatía del general, eso es muy importante para usted.

- Entonces debo entender que me ha hecho una especie de favor.

- Algo así, venga, por aquí está mi auto.

- ¿Usted tiene auto?

- Yo no pero un amigo sí, le dijo indicándole el elegante carro estacionado al otro lado de la calle.
- Entremos, me estoy congelando.
- Muy acogedor sin duda.
- A la 25 con Alexanderplatz.
- Es su casa.
- Digamos que sí, es el lugar donde me estoy hospedando.
- Es un lugar elegante.
- Sí, tengo un buen amigo que me está ayudando.
- Y ahora yo seré otro amigo que la ayuda, me imagino.
- Una chica siempre debe estar rodeada de buenas amistades en estos días doctor, dijo haciendo caso omiso del chofer.
- Esto es nuevo para mí, yo...
- Se le nota, se nota que usted es un hombre de casa, un animal doméstico, si me permite decirlo en esos términos.
- Usted tiene razón, pero no creo que eso sea malo.
- Al contrario usted es mi tipo, es precisamente el tipo de hombre que más me gusta, sencillo, sincero y de buenos sentimientos.

Cuando al fin llegaron él pudo comprobar que el sitio era realmente suntuoso, era una construcción moderna de líneas simples y sólidas, menos abigarradas y más práctica que aquella de la zona antigua, perteneciente al período de los emperadores, a la república de Weimar. Definitivamente eso ya era el pasado, y aunque él no la había vivido su madre la evocaba con cariño, como algo entrañable.

- Llegamos, le dijo con una sonrisa, gracias Holmberg.
- De nada señorita.
- Bajémonos Ackerman, le dijo abriendo la puerta ella misma, como una mujer de mundo.
- Y ahora hacia dónde vamos, le dijo él un tanto desorientado.
- Es aquí, sígueme.

Subieron el montón de escalones, y al llegar al final él estaba francamente cansado, respiró profundamente para tomar oxígeno, mientras ella lo veía con un gesto de sorna en sus labios.

- A juzgar por tu figura pensaba que estarías más en forma Ackermann.
- Ni hablar, creo que deberás mudarte a un lugar más abajo.
- Por qué dijo insinuante, piensas visitarme con mayor asiduidad.
- No, pero deberías mudarte al menos que quieras matar a alguien.

Ella abrió la puerta y entonces ingresaron al apartamento. Él no sabía que esperar, pero cuando ella encendió la luz el lugar era muy lujoso, con lámparas de arañas colgando y hermosos muebles de cuero muy parecidos a los que Otis tenía en su oficina. En las paredes colgaban cuadros de paisajes magistralmente ejecutados, y eran obviamente telas de calidad, artistas verdaderos y no pacotillas de mercado.

- Bien, deseas tomar algo.
- Creo que ya hemos tomado lo suficiente, ahora te pido me digas cuál es el motivo para esta "reunión", llamémosle así.
- Hay dos motivos para esta reunión Ackerman, dijo ella cambiando el tono de la voz y la manera de comportarse.
- Me habías dicho que uno, dijo él poniéndose nervioso ante el cambio que ella había mostrado.
- Ambos son parte de lo mismo, pero son dos cosas.
- Bien, sin más misterios Mae por favor.
- Mi nombre es Alison Fiztherber.
- Así que lo de Mae era un seudónimo.
- Sí, necesito su ayuda para sacar a un familiar mío que está preso en este lugar, y le mostró el nombre, el cual conocía perfectamente, era el sitio donde trabajaba.
- Esta persona es paciente aquí.
- No me venga con cuentos doctor, ambos sabemos que es lo que están haciendo allí, se llevan a estas personas y las matan, las masacran como a perros, sus familiares nunca más los vuelven a ver, en nombre de la maldita raza aria, necesito que me ayude.
- Qué puedo hacer.
- Usted es psiquiatra por favor, sáquela de ahí, le dijo casi con lágrimas en los ojos, sé que el paso que sigue es que la trasladen a ese maldito hospital donde se han matado a tantas personas ya,

usted también lo sabe, seguramente habrá oído hablar de eso, pero desde que lo vi supe que era diferente, no, usted no es como ellos.

- Lo siento, no puedo ayudarle.
- Por favor doctor, le dijo tirándose de rodillas sobre él y llorándole.
- Por favor señorita, levántese, sabe en el problema que me metería si saco de allí a un paciente.
- Sé que puede hacerlo, usted es el mejor psiquiatra, diga que le hará una de esas terapias suyas, invente algo, a usted le hacen caso, es un hombre respetable en ese círculo nazi.
- No servirá de nada, ahora nadie puede... lo siento. Dijo parando en seco su declaración.
- Así que es verdad, están matando esas personas, y usted lo sabe, no participe más de eso doctor, ayúdeme, hay personas necesitadas, valiosas que...que están condenadas a la muerte, y ni siquiera están locos doctor, usted lo sabe.
- Yo no tengo que ver con eso señorita, no soy parte de eso, se lo aseguro.
- Ayúdeme, es mi madre doctor, es mi madre, no está loca, sólo se puso mal, por todo esto, la muerte de mi padre, es lo único que tengo en la vida, por favor.
- Señorita.
- Se lo ruego.

Ackermann empezaba a sentir ese vago remordimiento de conciencia al cual le tenía verdadero temor, porque siempre lo había metido en líos, solamente que esta vez no se trataba de ayudar a personas inconvenientes socialmente, sino de meterse en reales problemas, desafiar la ley del propio Tercer Reich. Se le quedó mirando y sintió piedad por sus hermosos ojos llorosos, hinchados, y entonces observó las profundas ojeras que se habían asomado entre el maquillaje corrido.

- Bien veré que hago, pero no le prometo nada, esto es casi que una traición.
- No Ackermann esto es la vida, la peor traición está por llegar.

Recibe Una Novela Romántica Gratis

Si quieres recibir una novela romántica gratis por nuestra cuenta, visita:

https://www.librosnovelasromanticas.com/gratis

Registra ahí tu correo electrónico y te la enviaremos cuanto antes.

Capítulo II. La princesa y el ogro

- No dejo de pensar, que si pudiera hacer caso de mis instintos más íntimos, tal vez, mi destino presente fuese diferente. Estaría en otro lugar casada con... con otra persona, o quizá sería una doctora como usted Ackermann, recuerdo que me gustaba mucho la medicina. Hoy no estaría aquí recostada en este diván, contándole mis desgracias, todas estas desventuras... dejando fluir mis traumas... no. Estaría quien sabe dónde, tal vez sería su colega, estaría salvando vidas, dando esperanzas, dejando fluir mi alma y mi vocación...

Qué difícil se había vuelto para él escuchar con atención a su paciente, sin distraer su mente en imaginar cómo sería sentir su cuerpo cerca, aspirar con vehemencia su aliento, respirar con el alma ese aroma tan suyo. Veía esa boca moverse y solamente pensaba en besarla, en adentrarse en ese exquisito universo. Y a cada palabra suya no dejaba de pensar cómo era posible que una mujer tan exquisita pudiera estar en compañía de un hombre tan terrible y sin clase como el general Otis.

Que complejo se había vuelto mantener una postura objetiva y darle una respuesta satisfactoria al Brigadefuhrer Otis, quien le había pedido que asistiese a su esposa Dorota. La cual era diecisiete años menor que él, ella exhibía una conducta poco aceptable ante la sociedad alemana, era huraña y se la pasaba en una actitud ensimismada. Entonces podría representar una amenaza para su investidura ante el partido Nazi.

- Es tan embarazoso para mí, desnudar mi alma aquí ante usted doctor Ackermann, pero supongo que no tengo más opción... pues cuanto antes debe usted rendir cuentas y demostrar que ciertamente, estoy "apta mentalmente", para ser la esposa del gran Brigadefuhrer Furtwangler, se imagina cómo me siento, es como si fuese una vaca, un ganado que revisan para ser sacrificado. Además, prácticamente me obligan a tener cuatro hijos o más, la ley en este país es una locura doctor.

- Y usted se siente obligada por asuntos morales, nunca ha soñado con tener hijos, eso podría ser un estado deseable en toda mujer.
- No en mi condición doctor, usted no se imagina cómo es.
- No, no puedo imaginarlo, dígame cómo es.
- Más tarde que temprano tendré que convertirme en la abnegada madre de todos los hijos de Alemania, como dice el general.
- Y qué piensa de eso, no está de acuerdo con los postulados del nazismo.
- Si le soy sincera, esos ideales de mujer realizada no es algo que, como le digo, no lo veo como algo deseable, todas las aptitudes y actitudes aprendidas en la Reichbreiteschul, ("Escuela para Novias") de Frau Scholtz-Klink, me parecen una tontería, aunque esté mal el decirlo para una mujer alemana y casada por demás. Pero si me oyera mi esposo se escandalizaría, o terminaría por mandarme a uno de esos manicomios donde meten a "gente inconveniente", él tendría que denunciarme por incapaz y ponerme a la orden, ¿no es cierto doctor? Usted sabe de eso ¿verdad?
- A qué se refiere señora.
- A lo que dicen por ahí, que la gente desaparece, políticos, comunistas, judíos, todos los que no cuadren en el programa del Tercer Reich.
- No sé de qué me habla Frau.

Hizo una larga y misteriosa pausa, parecía pensar en algo más mientras miraba el cielo gris que se asomaba a través de los relucientes ventanales, él se preguntaba qué pasaría por esa mente, que a juzgar por su manera de hablar era mucho más lúcido que varias personas que había conocido, sobre todo recientemente. Ella tomó la taza que tenía al lado, en la mesita junto al diván. El aroma del tilo era tranquilizador, sus delicadas manos reposaban en el objeto y parecían de porcelana. Él deseó poder tocarlas y tenerlas estrechadas entre las suyas, sentir la suavidad de esa piel que debía ser como la seda.

Ya comenzaba el invierno berlinés y el frío parecía inclemente, mucho más que en otros años, y esto contribuía a crear una atmósfera melancólica que ponía los nervios de punta, el cielo gris terminaba de construir el paisaje. Ella seguía mirando callada el cielo mientras sorbía la reconfortante bebida.

- Mmm todo sea por la preservación de la raza pura y suprema, ¿no es así doctor?...
- No lo sé señorita.
- Pero, ¿usted es militante del partido? ¿cierto?
- Tengo amigos allí, y clientes.
- Lo que hablamos aquí ¿es confidencial?
- Por supuesto, mi ética me impide revelar ciertos datos, aunque sinceramente debo darle un informe general a su esposo, para saber su estado de salud.
- Mi estado de salud, ¿usted sabe cómo se llama la enfermedad que tengo?
- Es lo que estamos tratando de averiguar Frau.
- Se llama Volker Otis, general Otis.
- Entonces usted relaciona su problema directamente con su esposo ¿podría explicarme la relación?
- Mi vida está en sus manos... mi destino en su pluma doctor.
- A qué se refiere.
- A que si usted dice que estoy enferma puedo tener el destino de... de muchas personas que he conocido, en una clínica, como una loca cualquiera.
- No señora yo nunca permitiría eso.
- Doctor, si yo me atreviera a contarle todo lo que me pasa, usted mismo se asombraría, se sorprendería de lo bien que estoy, sino no tuviese estos cortes en mis antebrazos...ni estas laceraciones en mis tobillos y muñecas...yo, yo, soy una víctima de lo que usted no se imagina.
- Frau, si no se sincera conmigo no puedo ayudarla.
- Prométame algo doctor.
- Dígame señora.

- Que lo que le voy a contar, por favor, nada de eso a mi esposo, porque ese sería el fin de mi existencia, entonces usted sería el responsable de mi muerte, le dijo abriendo los ojos grandes como platos y un gesto aterrorizado.
- Puede tener la seguridad de eso Frau.
- Dígame usted Doctor Ackermann, ¿alguna vez se ha enamorado? Alguna vez ha sentido esa sensación indescriptible que le abraza como un ángel que le envuelve el alma y le hace recuperar la fe en ser humano... ¿alguna vez ha mirado usted el rostro del amor? dígame Doctor qué se siente, cómo se siente, dónde se siente...
- No lo sabe usted ¿señora?

Se hizo un profundo silencio en el consultorio, que solamente era interrumpido ocasionalmente por el ruido cotidiano de los transeúntes abajo en la calle y en la plaza cercana, caminando cada cual en su mundo, por el sonido de los claxon, de algún auto que transitaba por la avenida, en la cual estaba ubicado el edificio donde funcionaba el consultorio del Doctor Ackermann desde hacía tres años. Ese silencio, en el que se percibía y se sentía una ardua lucha entre dos mentes; una mente aparentemente deprimida y otra seducida ante la belleza encantadora y misteriosa de esa mujer. Una deseaba desesperadamente hallar respuestas, información y otra ansiaba tremendamente confesar su sentir.

Por un instante el doctor se abstrajo en sus propios pensamientos, estaba encaprichado con esos rizos, encantado en como la luz incidía en la dorada seda de su cabello. Su piel era pálida, casi de mármol, parecía uno de esos retratos que había visto una vez en el Museo Louvre, una figura etérea, casi una valkiria, sus ojos verdes armonizaban con la paleta cromática de su piel, de ligeros matices violáceos.

- No Doctor, no lo sé, pero quisiera saberlo, a mis 26 años no tengo idea de lo que es estar enamorada ¿cree usted que es justo eso?
- No sabría decirle, acerca de la justicia humana no tengo una teoría específica, la verdad no sé si eso exista Frau Furtwangler, la vida es simplemente la vida, y creo que somos nosotros quienes descubrimos y accionamos para volver realidad nuestro destino.

- Soy profundamente infeliz Doctor Ackermann, no se imagina, a veces desearía ser cualquier de esas personas que ve usted en las calles pidiendo, sería más feliz, no me juzgue doctor, yo sé porque le digo las cosas.
- Comprendo su inquietud, Frau, sin embargo, es mi deber recordarle que estamos acá, para usted, mi labor es escucharle e intentar ayudarle, que mi vida personal, en este momento y espacio no es realmente relevante... le pido por favor con todo respeto continúe usted.
- Lo que le pregunto doctor es porque no tengo con quien hablar, estas cosas no las puedo hablar con cualquiera, como comprenderá, no es algo que se pueda decir a Vox Populi, y conociendo de su discreción pues sólo me atrevo a preguntarle a usted de esas cosas, mi esposo Her Furtwangler es un hombre tremendamente posesivo.

André recordó las palabras de Mae sobre el general y lo déspota que podía ser, fue testigo de las atrocidades de las que era capaz, como había sucedido con la madre de Mae. Esa pobre mujer, y que gracias a él habían podido escapar a Estados Unidos. Ahora se preguntaba si el General Furtwangler era capaz de tales atrocidades entonces qué haría con esta pobre mujer, la cual se mostraba desanimada, un tanto perdida y desorientada.

Qué irónicas le resultaban aquellas palabras, esa pregunta lo llevaba a relacionarla con su fallecida esposa a la cual, hasta cierto punto, encontraba parecida a ella, por qué esa mujer le despertaba tanta pasión. Su boca era como una tentación, se imaginaba de un momento a otro abalanzándose sobre ella y besándola profusamente, arrancándole la blusa para adentrarse en ese pecho inmaculado y nacarado.

- No todas las personas aman igual, tal vez su esposo sí la quiere Frau Furtwangler.

Todas las palabras salían de su boca sin que mediara su voluntad. Pues, en realidad, lo que más desea era poderle confesar la profunda pasión que le despertaba, decirle que escaparan de allí juntos, tener consigo a esa hermosa joven de veintiséis años, con el alma rota. Se imaginaba cómo sería realmente ella si tuviera a su lado un hombre que la amara como sería en realidad esa mujer pálida y atormentada que observaba allí tendida en el diván de su consultorio.

Cada jueves por la tarde, desde hacía tres meses, según lo convenido y a pedido de su esposo, se reunían en ese lugar, en ese apartamento escogido por el general, donde en total privacidad él indagaba sobre la vida de esta mujer, mientras le prometía a Furtwangler averiguar la razón de tormento cuando sabía perfectamente que el peor tormento de esa mujer era él mismo. No entendía los motivos de ese hombre, que estratagema enfermiza se traía entre manos. Luego de ver apalear a un niño judío en plena calle creía a los oficiales de la SS capaz de todo. Se preguntaba si él también terminaría como una víctima más de esos oficiales, si descubrían que había liberado bajo un diagnóstico falso a la madre de Mae, y a muchos más que había salvado de una muerte inminente. Se preguntaba si podría hacer lo mismo con Frau Furtwangler.

No entendía como un alto oficial de la SS como Furtwangler se arriesgaba a una maniobra potencialmente peligrosa como asistir con su esposa a una consulta psiquiátrica, ¿por qué lo hacía? ¿Cuáles eran sus verdaderas intenciones? Resultaba imposible para el imaginario de la raza suprema que la digna esposa de alguien tan importante estuviese mal de la cabeza, eso era un real desprestigio para un oficial y para el partido Nazi.

Cualquier signo de desequilibrio mental comprometería seriamente su estatus social y político, no podía la raza aria asentarse en genes defectuosos, una esposa debía representar un sitial de equilibrio, salud y orgullo, tener hijos sanos y traer al mundo los genes de la raza aria que serían multiplicados por toda la tierra. Ella representaba la esperanza de prolongar la sociedad germana y llevar al país a su gloria perdida, ella y muchas otras mujeres escogidas entre las mejores familias alemanas.

Él se daba cuenta que esos sentimientos era tontos e inmaduros, Dorota era una mujer casada y de la peor manera posible, no se trataba solamente del estatus social, sino de un peligro para su vida y la de muchas otras personas. No podría ser tan egoísta, y solamente pensar en su propio beneficio. Aunque todos los jueves imaginaba lo que le diría, sabía que no podía hacerlo, simplemente sería una estupidez.

No podría jamás revelar sus sentimientos, estaban demasiadas cosas en juego, la vida y prestigio de esa dama, la ética laboral, la vida de otras personas y la suya propia. Ese indeseable Volker era el jefe de la división Aktion T4, uno de los programas de eugenesia, en el cual sin querer él había terminado indirectamente trabajando. Le daba escalofríos sólo de imaginarlo, pero por lo menos podía salvar algunas vidas, lo hacía con tanto empeño que no entendía cómo no lo habían descubierto.

Sin embargo, sentía asco al saber cómo sus colegas decidían de un plumazo la existencia de otras personas, a los que consideraban sin más miramientos como débiles mentales, niños enfermos, desechos de la sociedad, escoria que debía ser eliminada. Ya era de conocimiento que en aquel hospital de Brandeburgo ocurrían cosas inimaginables.

Ahora la observaba y no podía quitarse esa idea de la cabeza, ella se le había vuelto una obsesión tremenda, una necesidad que representaba casi sed. Odiaba lo que sus compañeros alemanes estaban haciendo, y al mismo tiempo estaba dentro de ese sucio sistema. Ella era la esposa de ese odiado hombre que se encargaba de matar personas inocentes, y que era tan hipócrita para llevar a escondidas a su propia esposa con un psiquiatra, si fuese otro soldado, si se tratara de cualquier ciudadano alemán no lo habría pensado dos veces para mandarla a uno de sus clínicas especiales, para darle un "tratamiento" adecuado.

- Y bien doctor, se ha quedado muy callado, supongo que eso debe significar algo, espero no sea nada malo.
- No, Frau Furtwangler, solamente quiero oírla, por eso guardo silencio.
- Me pregunto qué pensara de mí, si realmente estoy loca por no querer esta vida.
- No, me pregunto por qué aceptó esta vida si deseaba otra.
- Esa es una buena pregunta doctor, muy buena de hecho, le dijo cambiando por un instante su expresión.

- Lo siento, Frau no debí decir eso, es que… solamente disculpe, dijo asombrándose de sí mismo al emitir una opinión tan poco profesional. Estoy aquí para usted, para oírla y tatar de ayudarla a sentirse mejor.

Dorota era una esperanza entre tanta oscuridad, le otorgaba vida, llenándole de amor el alma, deseaba entregar su corazón a un cariño verdadero, que le motivara más allá de mirar una y otra vez el retrato de su difunta esposa. Necesitaba algo que le ayudara a salir de las noches interminables recordando la vida que una vez tuvo.

Cada mañana despertaba con la sensación de las horribles pesadillas que por las noches le atormentaban, después de una larga jornada de muertes injustas, tratando de convencerse que despertaría de esa abismal verdad, creyendo que las cosas mejorarían de un momento a otro, que eso se acabaría.

- Tiene razón doctor Ackermann, estamos aquí por mí, para mí… es irónico no…que al fin tenga yo, a alguien dispuesto a escucharme y ayudarme sin reproches. Mi problema es que me han educado para servir, a no exigir nada a los demás, estoy tan acostumbrada a vivir para las necesidades de otros que me cuesta que alguien se siente a oírme y tratarme tan bien como lo hace usted doctor, así ha sido desde siempre, la escuela de Frau Van Risthofen inculca lo que una buena mujer alemana debe ser, pero siempre me he revelado contra eso.
- Sí, conozco esa escuela y estoy de acuerdo con usted, me parece que esa enseñanza es la cosa más pasada de moda y poco moderna que he visto.
- Así me han instruido señor, estoy tan acostumbrada a servir sin más a los demás, no sé cómo es que incluso me atrevo a tener… a tener ciertos pensamientos, que… no son tan buenos como los que deberían pertenecer a una mujer decente…no sé en qué instante se dio este quiebre, no sé qué detonó esta revolución que llevo dentro…
- A qué se refiere Frau.

- No puedo decirle doctor, es demasiado...vergonzoso.
- Frau necesito que se sincere conmigo, solamente así podré ayudarle.
- He comenzado a fantasear con otro hombre que no es mi esposo.

Nuevamente se hizo el silencio, el doctor Ackermann, parecía cavilar de manera profunda, buscando inútilmente respuestas lógicas. Mientras el frío invernal se encargaba de colarse por las rendijas de su vestuario, pese a temer abrigo y que sus ventanas estaban debidamente selladas. Ese año el invierno se había recrudecido de forma atroz.

- Si le digo la verdad nunca me he considerado una persona convencional, siempre he sido distinta a mis compañeras del Colegio Secundario Kolmorgen. Pues mientras ellas soñaban con parecerse a esa mujer fabulosa del ideario alemán, cuyo deber es mantener los principios del Tercer Reich, ser una profesional de las faenas de la casa... yo deseaba con toda mi alma ser doctora, salvadora de vidas, algo más que una simple incubadora o el soporte de un sobresaliente militar.
- No todas las personas deben ser iguales, todos tenemos derecho a soñar con cosas diferentes.
- Sí, pero el Tercer Reich no deja que las personas sean individuales, todos somos parte de "algo en común" una especie de plan maestro, sólo que a la mujeres nos tocó la peor parte.
- No se crea, hay hombres a quienes les ha tocado la peor parte, le aseguro que hay cosas peores.
- ¿Se refiere a los judíos doctor?
- Sí, y a otras personas más.
- También lo pienso, es horrible lo que le hacen a esas personas.
- Nunca entenderá como el ser superior te da derecho a abusar de otros, si ese fuese el caso, que no lo creo, entonces deberíamos portarnos mejor.
- Pienso igual que usted Doctor, le dijo ella mientras se le iluminaba la cara, pienso que es horrible el hecho que maltraten a esas personas de tan cruel manera, cómo puede decirse que somos superiores si nos comportamos peor que muchos animales, y...

- Y qué.
- Mi esposo es el peor animal de todos, doctor, lo he visto transformarse en una bestia, es horrible.
- No lo conozco pero si usted lo dice, así debe ser.
- Entonces usted sí me cree, pensé que nadie me creería.
- No es muy necesario ser inteligente para darse cuenta que el General Volker tiene un carácter explosivo y colérico.
- Sabe, otros pueden disimular pero a él simplemente no le importa lo que piensen los demás el general es un hombre a quien no le interesa la opinión de otros, simplemente trabaja en función a propósitos, diría yo que es un hombre de Estado y su única motivación es complacer a el Fuhrer en todo lo que diga, no hay mayor satisfacción para él que esa.
- Me imagino.
- Sabe doctor, siempre me he preguntado qué hay de malo en mí... qué hay de desviado en ello... quizá por eso estoy aquí, junto a usted.
- No hay desviado en usted Frau, créame lo único desviado aquí es este sistema en el que estamos metidos.
- Ya son las siete, doctor.
- Sí, dijo él mirando el reloj con cierta melancolía.
- Entonces nos veremos el jueves siguiente.
- Eso espero doctor, le dijo levantándose con cierto aire de tristeza, contaré las horas.
- ¿Perdón?
- Nada doctor, nos vemos el jueves siguiente.

Al levantarse abrió un poco las piernas dejando entrever su liguero, André sintió un escalofrío en todo su cuerpo, esas sí que eran unas hermosas piernas. No entendía como había tipos estúpidos como Volker, que tenían la suerte de estar con mujeres como esa y no eran capaces de apreciarla en su magnitud, si él tuviese una mujer así, si sólo la tuviese a ella, la historia sería muy diferente.

Él se quedó mirándola con melancolía mientras salía por la puerta, se sentó y al instante entró el general con su gesto mal encarado. Se sentó y empezó a tamboritear los dedos en el escritorio.

- Y bien Ackermann.
- Hasta donde veo su esposa está bien.
- Maldición Ackermann, dijo dando un golpe contundente en el escritorio.
- Perdón general, a qué se debo esto.
- Todo el tiempo me dice lo mismo, que mi esposa está bien, está bien, y cada día la veo peor.
- Pues yo hablo con ella y la veo muy lúcida.
- Bien Ackermann, usted me está engañando o yo soy al que le falta un tornillo.
- A nadie le falta un tornillo general, es sólo que su esposa...
- Que mi esposa qué, le dijo mirándolo con cólera.
- Su esposa necesita descanso, hay un buen lugar en las afueras de Berlín, es una hacienda, un lugar donde se puede respirar aire fresco, disfrutar de tranquilidad.
- Maldita sea Ackermann necesito una mujer que me sirva para mostrarla en las reuniones sociales del partido, transfórmela en una esposa abnegada, un ejemplo de lo que debe ser la compañera de un oficial alemán.
- Le recuerdo general que su esposa es una persona, no una cosa.
- Y yo le recuerdo que ostento un gran poder.
- Pero el médico soy yo general, por favor le ruego me deje hacer mi trabajo.
- Bien, tenga cuidado doctor, mucho cuidado.
- Sólo hago mi trabajo señor, para el cual usted mismo me ha contratado.
- Bien, apúnteme la dirección de ese lugar que dice.
- Aquí está, le dijo pasándole un papel donde había apuntado el nombre.
- Si la llevo aquí usted vendrá a atenderla.
- Por supuesto señor, es mi deber ayudar a Frau Furtwangler.

- Bien, nos vemos el jueves que viene.

Esa semana la pasó angustiado, pensando en el porvenir de Dorota, y nuevamente fantaseando que le diría la verdad, que se estaba enamorando de ella. Se imaginaba la cara del general, y luego todas las desgracias sucedáneas, podría terminar en un campo de concentración para políticos rebeldes, en un hospital psiquiátrico, o simplemente morir en un cuartel de la SS.

Pasaron los días y no sabía de Dorota, a pesar que era normal que sólo supiera sobre ella los días jueves esta vez se sintió angustiado. Se daba cuenta que su conducta no era normal, estaba volviéndose obsesivo, la relacionaba con cualquier cosa, una esquina, el edificio del partido Nazi, el cuartel de la SS, el edificio donde se reunían, todo parecía estar relacionado con ella.

Se sentía estúpido, ese día decidió hacer algo diferente con relación a su exasperante rutina en el hospital, así que salió más temprano que de costumbre y fue directo a un bar. Allí sentado esperando por una cerveza caliente se sintió extraño. A su alrededor pululaban algunos soldados con sus característicos trajes negros, y alguno que otro oficial con una amiga de turno. No había manera de escapar de toda esa gente, estaban por doquier y se habían apoderado de todos los sitios decentes. Era insultante los carteles que habían colocado al frente "no se aceptan Judíos" era muy claro, años antes algo como eso era inconcebible, los judíos se consideraban ciudadanos respetables, ahora eran poco menos que unas basuras.

Se levantó sintiéndose enfermo, ya no soportaba tanta injusticia, pensaba tal vez en irse a otro país, huir de todo eso, lo único que lo detenía era Dorota, si él se iba qué sería de ella, cómo la ayudaría. Además cómo podría vivir en paz abandonando a la mujer que amaba a la incertidumbre y a expensas de ese monstruo que tenía por esposo.

Recorrió las calles para llegar a su apartamento, el ambiente que se comenzaba a respirar parecía viciado, el frío se acrecentó, le dolía un poco la nariz por la resequedad. Entró en su edificio, y en la puerta encontró a un soldado de la SS que parecía esperar a alguien, sintió un retorcijón en el estómago.

- ¿Es usted el doctor Ackermann?
- Sí señor, dijo sintiendo el corazón en la boca al ver al alto y musculoso soldado con quijada rectangular y gesto deshumanizado.
- Esto es para usted, le dijo entregándole un papel.
- ¿Qué es esto?
- Se lo manda el general Furtwangler.
- Oh bien, muchas gracias.

El soldado le hizo un gesto con la mano y luego se marchó, entonces él pudo respirar, se recostó contra la pared envejecida de la entrada, mientras se ponía la mano en el pecho y casi sentía la hiperventilación. Pensó que alguien lo había denunciado, que al fin todo acabaría y lo llevarían a un campo de concentración en Oranienburg u otro lugar, donde sería torturado, obligado a confesar quien sabe qué cosa y luego asesinato como un perro, enterrado en alguna fosa común o quemado en una pila de cadáveres.

Cuando recuperó el aliento subió los escalones y al llegar fue directamente a su escritorio a revisar la nota que le había mandando el general. Se sentó en el escritorio y leyó la nota, el general había llevado a Dorota al lugar que le había recomendado, era una hacienda en las afueras de Berlín donde algunas personas iban a descansar, la misma era regentada por una amiga de André Frau Adalia Heller.

Después revisó sus anotaciones en las últimas consultas con Dorota, mi ángel, como le decía para sí mismo, se le antojaba un personaje mitológico, salido de un cuento germano o tal vez una diosa de la mitología nórdica. Se sentía feliz por un lado que ella pudiese respirar unos días de ese hombre insoportable.

Al mismo tiempo se sentía mal, aunque la vería ese jueves por alguna razón sentía una especie de turbación de sólo saber que no estaba Berlín, pensando que era imposible encontrársela en algún lugar de la ciudad, en un momento específico o que lo llamarían para atenderla, cualquier cosa. Ella se vería hermosa ante la luz de la tarde, ante el débil color parduzco del sol macilento del invierno. Como un ángel entre la nieve, caminando hermosa e imponente, con su mirada de agua pérdida en el horizonte níveo.

Leyó las anotaciones y le llamó la atención ciertos pasajes:

Día 20 de agosto de 1938:

"Asistí, aunque obligada por mi madre Petra a la Liga de las Jovencitas Alemanas (BDM Brund Deutsher Madchen) de la sección femenina de las Juventudes Hitlerianas, donde me llevaron de campamento, de viaje para que conociera la grandiosa nación alemana. Se me enseñaba historia, la ideología Nazi y se celebraba un modo de vida saludable, y donde, por cierto, mi esposo me vio por primeras y decidió que esa sería el objeto de su **amor sádico**...",

Amor sádico, esas palabras saltaron ante sus ojos, quien sabe que sufrimientos estaría padeciendo en silencio esa mujer, mientras debía disimular ante los demás que era una abnegada esposa de un alto oficial alemán. Qué clase de vida tenía esa pobre mujer, cualquiera se fuese vuelto loco.

Trató de recordar las palabras con las cuales ella debió decir eso, pero no lo recordaba. Pero imaginó que las había pronunciado con un tono de voz y una expresión facial que no dejaba lugar a dudas el dolor que le causaba rememorar este evento crucial de su existencia. El día que se había cruzado con el general su vida se había destruido para siempre. Se imaginaba los avances del sádico hombre ante aquella niña mucho menor que él, y toda la escena le causó arqueadas. Deseó nunca haberse metido con esa gente, si tan sólo hubiese aceptado la oferta de su colega Her Raymond Müller cuando le dijo que se fuera con él a Estados Unidos a la Universidad de Harvard.

Siguió leyendo:

"En lugar de aprovechar tal ocasión para hacerme una mujer normal, mi mente estaba ocupaba en mis absurdos sueños de ser diferente, de estudiar para convertirme en una profesional de la medicina, como muchas otras mujeres, para luego, conocer al hombre de mi vida… y allí sí formar una familia. Claro, no con tantos hijos, no Doctor Ackermann, yo solo quería tener una niña, que me diera la oportunidad de experimentar el sublime sabor de maternidad, y que al mismo tiempo me permitiera compaginar mi pasión por la medicina… pero supongo, que la Providencia me ha castigado, por ser así de diferente".

Notaba que ella siempre buscaba un punto de divergencia con su realidad, era extraño, casi como si no perteneciera a ella, la situación era casi teatral, había conocido personas con sufrimientos pero ella parecía estar hablando de otra persona, y no de sí misma. Como si fuese un ser pasivo y disociado.

"Por aquellos días estaba soltera al momento de la guerra, entonces, fui precisada a casarme con Volker Otis, debido a que por la gran movilización de tropas, la procreación de los matrimonios había decaído… y sabe por qué acepté…porque, mi mamá tenía problemas de salud y esa era la única manera de ayudarla, para sacarla de una condena segura. Ella sufría de una pequeña inestabilidad emocional, no estaba loca, ni mucho menos, solamente una leve depresión luego de la muerte de su esposo, pero en esta sociedad alienada cualquier cosa era vista como signo de demencia y debilidad. Otis era la única esperanza de que ella estuviese protegida".

Era extraño que ella no pensara en otra opción, era algo un tanto inverosímil, quizá por su inexperiencia de la vida. Sonrió con tristeza al comprobar que ella misma había cavado su propia tumba. Pero que en el fondo su sacrificio había sido por amor, y no precisamente a Volker, sino a un ser que valía la pena como lo era su propia madre.

Esta última revelación tomó por sorpresa a André. Este hecho, hizo que su percepción, sobre los pensamientos el proceder moral de Dorota, cambiaran de un modo dramático, sin duda, representó un alivio para su alma atrapada, ella era casi una heroína, una mujer valiente. Y la admiró más, su sentimiento creció más aún.

"Mi tío Heinrich me llevó a una de las tantas fiestas promovidas por el partido, donde se daban todas las facilidades para que los asistentes dieran rienda suelta a sus hormonas. Era algo totalmente asqueroso, muchas de las chicas asistentes eran luego enviadas a los programas de Lebensborn, donde una amiga me dijo que se recibían a las mujeres embarazadas, las cuales no tenían como mantener a sus hijos. Cuando supe eso le pedí a mi tío que me sacara inmediatamente de allí, pero fue demasiado tarde, Volker me había visto y me impidió salir"

Asco, eso era lo que sentía Ackermann mientras leía esas letras, se imaginaba al maldito de Volker abusando de esa pequeña y hermosa chica.

Prosiguió leyendo:

"Volker el gran Volker, para muchos un excelente general de Hitler, uno de los mejores en cumplir sus designios, aunque sean de lo más absurdos. Por supuesto él no me cuenta nada, pero intuí cosas, no soy estúpida doctor, aunque quizá deba fingir serlo. Volker en realidad no es más que un maldito sádico... un incapaz acomplejado... un intento de hombre que hasta el día de hoy... luego de tres años de matrimonio prácticamente no ha estado conmigo, sencillamente le cuesta mucho, se le hace difícil tener una erección, porque él, como le diría, finge que le gustan las mujeres, pero, pero...lo que le motiva son los hombres".

Cerró sus escritos, porque se le hacía ya insoportable seguir leyéndolos, no quería repasarlos más, aunque había cosas que no podía sacarse de la cabeza, todo era realmente terrible y deseaba matar a ese hombre, era un completo idiota, que no sabía valorar a un increíble mujer como esa. Él era un hombre de ciencia, una persona pacífica pero con ese hombre sentía que perdía la cordura, era la primera vez que deseó golpear a un ser humano, aunque en el caso de Otis no podría merecer ese calificativo, él era más bien como un monstruo, un ogro que tenía presa a la princesa, aunque sonara como una comparación estúpida.

Se sentó, puso los codos en la mesa y luego hundió la cara entre sus brazos cruzados, estuvo así largo rato. Luego lloró de rabia y frustración, golpeó con fuerza la mesa lastimándose los nudillos, entonces tiró el cuaderno de notas lejos de sí. Eso era tan antiprofesional, dejarse afectar emocionalmente por la situación de una paciente. Y mucho menos enamorarse de una, eso era completamente inaceptable.

Estuvo así un rato más, y luego se fue a la cama realmente deprimido, sin ganas de comer, sintiéndose miserable y vacío. Tomó un té de tilo y entonces se recostó en la cama, su último pensamiento fue para Dorota, y deseaba que ella estuviera bien, que consiguiera una manera de alejarse de ese hombre asqueroso.

El miércoles partió para la hacienda, el propio general había enviado a uno de sus escoltas a buscar a Ackermann, de forma tal que no tuviese ninguna excusa para abandonar sus deberes. A él le brincaba el corazón de felicidad al saber que por fin vería a Dorota.

Cuando llegó se bajó emocionado, cobrando conciencia que debía disimular sus emociones para no delatarse. Su corazón latía fuertemente, pensó que la vería en la puerta, pero no estaba por ningún lado, eso le dejó una sensación de desilusión, pero luego comprendió que sin el general Otis por allí estaría mal visto que una mujer casada como ella se viera a solas con un hombre.

En su habitación se consoló pensando en qué parte de la casa estaría, se asomó por la ventana y el paisaje nevado se veía totalmente bucólico. De pronto, divisó una figura en la distancia, era una persona que llevaba un rifle al hombro, se notaba audaz, de paso seguro y llevaba algunas liebres por caza a cuestas. Le llamó la atención que alguien anduviese por allí en pleno hirviendo, cazando, había que ser muy astuto y hábil para hacer eso. En principio pensó que tal vez era el general Otis, porque solamente una persona entrenada podría estar tan tranquilamente en ese bosque, así que el experimentado, alto y esbelto hombre estaría más que preparado para tal hazaña. Pero al acercarse vio con asombro que la figura tenía un paso más suave y ligero.

- Por Dios santo, se dijo, es… es…

No cabía de su asombro al ver acercarse a una mujer, blanca y rubia, segura de sí misma y con paso decidido. Esa persona que se aproximaba y que con toda seguridad llevaba su presa al hombro como cualquier cosa no se cotejaba con aquella mujer insegura y sufrida que había percibido en sus sesiones.

- Buenos días Frau, oyó la voz de la cocinera.
- Buenos días Frau Geiler
- Buenas días Frau Furtwangler, dijo Frau Heller
- Buenos días Frau Heller, le dijo con una voz decidida.
- ¿Va a desayunar?
- Sí Frau Heller, gracias.
- Le preparé su tarta favorita de chocolate.
- Gracias, me arreglo y bajo enseguida.
- Ah, eh el doctor, doctor... eh
- ¿Ackermann?
- Sí, está aquí, llegó muy temprano.
- Oh, bien Frau Heller, gracias por avisarme, le dijo parcamente, y luego se retiró a sus habitaciones.

André se sintió un poco decepcionado, pero luego razonó que no podía mostrar ninguna emoción en particular, era peligroso decir o mostrar alguna alegría o afecto desmesurado, porque habían ojos en todos lados y oídos en todas partes, era terrible. Se recostó en la cama y miró al techo, se podía decir que se sentía ahogado, pero sin embargo una tonta ilusión seguía en su pecho, esa mujer, esa diana cazadora no era ni remotamente una princesa en apuros, definitivamente el ogro se había equivocado de víctima, y entonces sonrió con plena satisfacción.

Capítulo III. El principio del fin

Ese día jueves vibraba de la emoción, no sabía por qué estaba tan particularmente animado, tal vez por el cambio de ambiente, como si eso pudiera alterar quienes eran ellos y les permitiera vivir otra existencia. Volker Otis no estaba por ninguna parte, y eso también le hacía sentir mucho más emocionado, era la primera vez que podría verla sin que ese hombre estuviera en alguna parte con su terrible cara observando y supervisándoles.

Eran las 5 en punto cuando en Frau Heller le dijo que la señora lo estaba esperando en la oficina, el corazón le brincó y sintió un aceleramiento infantil, como si fuese nuevamente un tonto adolescente enamorado por primera vez. Tocó la puerta y escuchó la voz de la mujer diciéndole que entrara.

- Buenas tardes Frau Furtwangler.
- Buenas tardes, doctor Ackermann, pase adelante le dijo con seguridad, y él se asombró de ver su actitud, y además le sorprendió que estuviera fumando con una actitud de mujer mundana.
- Cómo ha estado Frau Furtwangler.
- Muy bien doctor, usted tenía razón, me he sentido mucho mejor. Este lugar es excelente y Frau Heller ha sido muy buena conmigo, es una excelente anfitriona. Por favor cierre la puerta.
- Y... su esposo.
- Está en Berlín, asuntos del Reich, esa es su prioridad, aunque francamente creo que esos "asuntos" tienen más relación con alguna persona, usted me entiende, más que con política propiamente, jajajajaja el muy desgraciado, mujer u hombre que más da ¿no doctor?
- No diga eso.

- Por favor, doctor, eso es un secreto a voces, mi esposo no se cuida de dejarse ver con cualquiera de estas chicas, al contario le conviene que lo vean con ellas, debe mantener cierta reputación así sus verdaderas aficiones pasen desapercibidas. Esas mujercitas se acuestan con los oficiales para obtener cualquier tipo de beneficios, si le soy sincera no me importa en lo absoluto.
- Lo siento, señora.
- No se preocupe doctor, al general no le habrá dado tiempo de poner nada por aquí, ningún recurso de espionaje, así que podemos hablar libremente si así lo queremos.
- Excelente.
- Usted me dirá, o... tengo que comenzar por algún punto específico.
- Como usted desee Frau, pero...déjeme hacerle la observación que es francamente impresionante verla aquí, es casi una persona diferente.
- El aire de campo me sienta bien, usted tenía razón.
- El aire de campo es una cosa Frau, pero ese aire no lo convierte a uno en cazador experto, y menos para adentrarse solo en un bosque invernal, eso no se logra de esa manera.
- Doctor, yo no soy una mujer de familia rica, mis padre vivían en el campo, aprendí a cazar con mi padre, en un lugar de Baviera, allí un amigo suyo tenía un coto de caza, se sorprenderá de las cosas que una chica puede aprender si se lo propone.
- Estoy seguro de ello, y déjeme decirle que...me gusta más esta mujer que he visto ahora.
- Ah, así que usted me espiaba doctor.
- No, para nada, yo...
- Jajajajaa, sólo bromeaba.
- Frau Furtwangler nunca la había visto así, creo que de hecho nunca la había visto reírse.
- Últimamente no hay espacio para la risa.
- Es cierto.
- Creo que el Fuhrer tiene planes para la gran Alemania, espero que esos planes no nos afecten a nosotros.

- Y yo creo que si los tiene va a ser difícil que de alguna forma eso no nos afecte Frau.
- Así que…hablando de temas más ligeros, su arquetipo es Diana Cazadora.
- Veo que usted es una mujer nutrida Frau.
- Hasta donde las circunstancias lo permiten.
- La verdad no me da esa impresión, creo que usted es una mujer fascinante, y luego miró al piso dándose cuenta de su torpeza.
- No se preocupe doctor, al contrario hacía mucho tiempo que un hombre interesante no me hacía un halago, y su mirada era otra vez distinta, como si esta mujer fuese otra a la cual nunca había conocido.
- Frau Furtwangler usted me sorprende, parece otra, no sé cómo explicarlo.
- Todos somos otros ¿no lo cree doctor?
- Todos somos otros, repitió, eso suena interesante, es una aseveración muy interesante.
- Así es, pero quisiera retomar otro discurso que tuvimos anteriormente, dijo levantándose con aire desenvuelto, ¿se recuerda?

Ackermann comenzó a pensar que esta mujer podría sufrir de algún trastorno de la personalidad, porque esta que tenía al frente no parecía tener nada en común con la damisela en peligro que había visto en las sesiones. Observó su lenguaje corporal y evidentemente era distinto, eso era algo que no podía fingirse.

- Le conté que he empezado a fantasear con otro hombre que no es mi esposo.
- Sí, lo recuerdo, dijo con parquedad.
- ¿Le escandaliza?
- No, recuerde que soy médico, mi trabajo es escuchar lo que usted me diga, y no juzgarla.
- Sabe que haría Volker si se enterara de esto.
- Algo malo supongo.
- Y tal vez piense que es por celos o peor aún por amor.

- ¿No cree que su esposo la ame?
- Amarme, claro que no, ese desgraciado no sabe lo que es amar, creo que el único afecto que tiene es a ese perro que tiene en su casa, y eso porque el Fuhrer en persona se lo regaló, sino, no sé qué sería de ese pobre animal. Bueno eso y, y cierto oficial jajajaaja muy amigo suyo.
- Eh, bien, entonces de acuerdo a usted si hiciera algo malo, cuál sería la causa.
- Obviamente orgullo doctor, es único motor que mueve a personas como el general.
- Bien.
- Y a usted qué lo mueve doctor.
- ¿Perdón?
- Qué lo mueve, la ciencia, las teorías humanistas, el perdón, la belleza, la culpa...o...el amor quizá.
- Usted ¿juega?
- Jugar, depende, hay buenos juegos y juegos malos doctor, al jugar debe asegurarse que sabe hacerlo, sino puede salir muy mal.
- Habla usted como una jugadora experta Frau Dorota.
- Y usted habla como alguien que sabe más de lo que dice, qué le ofreció mi esposo, y qué información le suministra.
- Sólo lo que es profesional decirle, tenga por seguro que nada de esto sabrá.
- Jajajajajaa, bien doctor, bien, entonces nada de lo que diga o haga aquí lo sabrá mi esposo.
- Así es Frau Dorota.
- Entonces llámame Dorota, le dijo acercándosele de pronto.
- Frau Furtwangler, dijo tratando de retroceder, qué hace.
- Crees que no me he dado cuenta la manera como me miras, se nota a leguas y no sabes fingir. Te has salvado porque el general es un completo timorato y se ve mucho más listo de lo que es realmente.
- Frau...yo, dijo tratando de zafarse mientras la mujer lo tomaba por el cuello de la camisa.

- Dorota, no es así como has deseado decirme André ¿o prefieres que te diga Doctor? Ah André, es así como te gusta jugar, es así como quieres que juguemos. Entonces se abalanzó sobre él y lo besó con pasión en los labios.
- Frau, yo… no…
- No digas nada solamente déjate llevar por esos sentimientos que sé tienes por mí desde hace tanto tiempo, desde aquella noche en que nos cruzamos en aquella reunión, vamos, déjate llevar le dijo, y su mano bajó hasta su entrepierna y comenzó a acariciarla sabiamente, justo como él había soñado que alguien lo hiciera toda su respetable vida.
- Ohhh, gimió él, dejándose llevar por la pasión.

Entonces su mano tomó los muslos de ella y avanzó hasta su parte íntima, no había tiempo para rodeos, sus cuerpos se buscaron con ardiente pasión, ella le bajó con destreza el pantalón y se enroscó alrededor de él, sin quitarse la ropa se bajó los pantis y se subió en su regazo. Allí ambos comenzaron a disfrutar de esa sensación que tanto habían deseado por meses. Casi no podía creerlo, pensó que estaba soñando, pero era cierto, era ella, Dorota haciendo el amor, esta vez era real y no un mero producto de su imaginación.

Era una mujer increíble, aunque no la estaba viendo completamente desnuda sus piernas eran largas, hermosas, era una sílfide exquisita, y realmente hábil para suministrar placer. Cómo era posible que ese portento fuese la misma mujer tímida de antes, aquella que rehuía una mirada directa, que siempre parecía tener los ojos en el piso, una tímida violeta.

La sensación era maravillosa, estar dentro de ella era algo del otro mundo, muy diferente a lo que había imaginado, ella no era un ángel en la nieve, ni mucho menos. Por lo contrario, era más bien como una valkiria, poderosa, que sabía lo que quería y estaba preparada para darlo a entender y mostrarlo, sin miramientos ni remilgos. Así estuvieron moviéndose cada vez con más fuerza hasta que ella sintió el apremio del orgasmo, y luego al fin experimentó el delicioso desahogo de la eyaculación. Por fin había estado dentro de ella, soñó tantas veces, y al fin era real, esa mujer poderosa sobre él, se sentía en la gloria.

Ella se levantó y se quedó mirándolo con una sonrisa, entonces le ofreció un cigarrillo de los que tenía en el escritorio.

- No fumo.
- Vamos doctor, después de esto es necesario hacerlo, es una tradición, nunca lo has hecho, dijo exhalando el humo de una forma muy erótica, casi orgasmica.
- Esto es...
- Delicioso, hacer el amor es la cosa más deliciosa del mundo, tenemos tiempo para una vez más Ackermann, sólo que esta vez me gustaría aquí, dijo señalando el escritorio, y tú sobre mí, ¿no te parece? Sería increíble, seguro que lo has imaginado antes.
- Sí, en realidad lo es, pero no me refiero a eso.
- Entonces a qué te refieres André.
- A ti, ¿quién eres? Tú no eres la persona que conozco, la que he estado tratando durante tanto tiempo.
- Sabes quién soy, sabes mejor que nadie quien soy.
- Eso no es cierto, dijo levantándose y arreglándose la ropa, por quien me tomas, soy un médico, un médico, esta persona que ahora está delante de mí no es ni remotamente la mujer que atendí en las sesiones, ni la que vi en la reunión del partido esa noche.
- Jajajajajajaa, vaya doctor, eres muy perspicaz, entonces, según tú, quien soy.
- No lo sé, por eso precisamente lo pregunto, a qué juegas, y qué es todo esto.
- ¿Te gusta jugar doctor Ackermann? ¿eres de esos que le gustan los juegos?
- No así, no si no entiendo el juego.
- ¿Quieres entenderlo? Jajajajajaa, creo que podrías, eres un hombre brillante, según creo.
- Sí, no me gusta ser un juguete de nadie.

- Nunca haría eso contigo, me gustas, desde el primer momento que te vi, eres distinto a toda esta basura que te rodea, desde que te vi en la fiesta, y…por todo lo que has hecho.
- A qué se refiere.
- Después de lo que pasó puedes tutearme ¿no lo crees? Ya no soy la gran y sufrida señora Furtwangler- Holmberg, ahora soy una mujer aquí ante ti, que te hizo disfrutar como nunca, lo sé, creo que lo has disfrutado en grande, y créeme que yo también lo he hecho, eres un muy buen amante Ackermann, podría acostumbrarme a ti, muy pronto.
- La verdad no sé quién eres, obviamente no la "sufrida señora" pero tampoco sé quién eres, no sé quién eres, a ver.
- Jajajajaa, me gusta tu energía Ackermann, eres un hombre enérgico sin ser un machista invasivo y repugnante como Volker. Te necesito Ackermann, necesitamos a alguien como tú.
- Necesitan, de qué rayos me hablas.
- Jajajajaja Mae ¿recuerdas a Mae? La sexy pelirroja y hermosa Mae, con la cual te fuiste muy animado esa noche.
- Sí, dijo tratando de unir los cabos sueltos, pero me fui con ella así en ese sentido, ni tampoco hicimos nada juntos, yo…
- Tranquilo Ackermann, no tienes porque dame explicaciones, no es necesario. Ayudaste a una persona muy importante, y has colaborado con muchas más, un nazista jamás haría algo como eso, nadie ayudaría a unos perros judíos ¿no es cierto? Se ha demostrado científicamente que son menos que escoria, y que ustedes los alemanes, dijo tomando otro cigarrillo y sentándose en el escritorio, son la máxima supremacía de las razas, de todas las malditas razas del mundo jajajajajaja, oh sí los arios, y venga a usted a saber qué cosas más, los estúpidos atlantes, seres superiores que provienen de una región olvidada, vaya, qué manera de alimentarse el ego ¿no es cierto Ackermann?
- Eso, eso han dicho.
- Ackermann no me digas que tú también crees en esas estupideces, no me decepciones por favor.

- Rayos no, pero ¿por qué dices ustedes? Como si tú también no fueses alemana, mírate no creo que haya alguien más aria que tú, eres el perfecto ejemplo de una hermosa rubia del este.
- Jajajajajajaja Oh, Ackermann, Ackermann.
- ¿Qué? Por qué la risa.
- Sabes, me alegra saber que hay personas distintas, que todos los alemanes no son iguales, que no todos odian a las personas o se mantienen indiferentes ante el sufrimiento, tú eres distinto André Ackermann, te he probado y eres diferente, sabes dónde queda esta calle, le dijo mostrando un mapa de Berlín que estaba en el escritorio.
- Sí, por supuesto. He transitado por allí muchas veces.
- Necesito que vayas aquí, entiendes, es muy importante, tienes que ir aquí y pregunta por Johann Koch, y él te explicará todo, todo lo que necesitas saber, o lo que quieres saber.
- No entiendo de qué trata todo esto, pensé que eras una persona que...
- Te gusta salvar personas, damiselas en peligro, toda tu vida Ackermann, ¿por eso te gustaba? ¿Por ser una mujer sufrida, una pobre esposa alemana? Sí, te gusta eso, una mujer tímida, una flor, alguien a quien enseñar, cuidar, jajajaja después de todo eres un hombre tradicional, chapado a la antigua, caballero.
- No, me gustas mucho, y ...
- Y qué.
- Que te equivocas, en realidad me gustaste más luego que vi que no era de esa forma, ayer cuando venías de la caza y noté que no eras la misma mujer, que esta Dorota era decidida y atrevida, fuerte, me gustaste más que antes.
- Bien, entonces me sorprendes, y por eso mismo me pareces más interesante de lo que creí.
- Pensaste que era un tipo convencional y nada más.
- Algo así, le dijo mirándolo de lado, que te puedo decir es lo que pareces, jajajaa, disculpa, no quiere decir que eso sea malo cariño.
- Eres encantadora, sabes, le dijo admirado con su seguridad.
- Te diré lo que haremos de ahora en adelante.

- Dime.
- Bien, le dirás a mi esposo que estoy bien, y yo me portaré como si me hubiese curado.
- Es decir, que nunca estuviste enferma.
- Jajajaja Ackermann, Ackermann, para ser un hombre de ciencia y que de paso que estudia la personalidad humana pareces muy despistado, y disculpa que lo diga de esa manera tan poco civilizada para los modismos alemanes que tanto parecen gustarte.
- Eres una mujer fascinante, le dijo completamente sorprendido, pero la psicología no es una ciencia exacta, los diagnósticos son variables, tanto como que se trabaja con personas, seres subjetivos Dorota. Así que me engañaste, estuviste fingiendo que estabas enferma.
- Cómo rayos se suponía que iba a contactar contigo si no me fingía así.
- Pero, pero te arriesgaste, si te hubiesen mandado a una clínica, te habrían matado, o... no quiero ni imaginarlo, no, dijo sobándose la cabeza.

Ella sonrió sexymente de medio lado, y volvió a fumar su cigarro con completa despreocupación, como si estuvieran hablando de la cosa más trivial del mundo.

- Estoy preparada para todo, Otis jamás lo iba a hacer, siempre voy un paso adelante.
- Ya lo veo, pero... por qué estás tan segura, cómo lo sabes, cómo puedes saber qué harán las personas.
- Simplemente conozco a los hombres como él, y sobre todo lo conozco a él, lo he estudiado por mucho tiempo.
- ¿Estudiado? Tú pareces conocer a todo el mundo, pero yo no tengo la menor idea de quién eres.
- Mietras menos sepas menos te arriesgas, créeme Ackermann hay cosas que es mejor no saber nunca en la vida.
- Como que me estoy enamorando de ti Dorota.

- Ackermann te has enamorado de algo que está en tu mente, tal vez sea porque casualmente me parezco a tu esposa, quizá sea por eso, o porque creías que era una víctima de un hombre, esas ansias protectoras tuyas.
- Así que todo esto ha estado calculado.
- No digas eso, me gustas, y mucho, pero por ahora concentrémonos en esto, no podemos hablar más, el tiempo corre, ve al lugar que te dije y allí se te dirá lo siguiente, sólo necesitas saber por ahora que te necesitamos para ayudar a varias personas, gente que está atrapada aquí, ante un conflicto inminente.
- Cuál conflicto.
- Se te dirá a su tiempo las cosas Ackermann, ten paciencia.
- ¿No te volveré a ver?
- Es difícil saberlo, pero te daré un recuerdo, entonces se devolvió y lo besó ardientemente.
- Es difícil no pensar en ti con todo esto, necesito volver a verte, puedo decir que necesitas consultas adicionales, que, es por control, seguramente se te ocurrirá alguna cosa creíble.
- Las que sean necesarias para que Volker no sospeche, pero ya mi objetivo ha sido cubierto.
- Yo soy el objetivo, siempre lo he sido.
- Ciertamente.
- Y esa tal Mae, que tiene que ver en todo esto.
- Ahora no puedo decírtelo.

Aquella confesión, revelaba a André un capítulo en la vida de Dorota que no conocía, pero que presentía al menos en un plano subconsciente, debido a que, en las sesiones anteriores, entre las palabras que ella pronunciaba y los relatos de su vida parecía ser alguien contando una historia ajena, como si se estuviese desdoblando, cosa poco común en una paciente con indicios de maltrato como al parecer era ella.

Le molestaba al mismo tiempo que mientras él discurría durante las madrugadas pensando en ella, soñando con esos días jueves, sintiendo ansias, devanándose la cabeza para hacer mil interpretaciones, todo por cuanto había llorado y sufrido no era más que una farsa. Y el que ahora le asomara esas pistas se debía a que era un objetivo necesario, su posición y lugar le hacían un instrumento competente, pero no sabía exactamente para qué.

No se trataba de una mujer maltratada abriéndose ante el vínculo terapeuta-paciente que él se había imaginado, era más bien un pobre incauto que había caído en el influjo de una misteriosa y sexy mujer, a quien no conocía, pero que sabía con toda certeza que deseaba hacerlo en profundidad. Si hubiese sido otra persona habría escapado de esa trampa mortal, pero se había enamorado, no de la paciente, la mujer débil y dominada, sino de esta, la audaz y sensual extraña que le había hecho sentir el mayor placer sexual que experimentó en toda su vida.

- Todas las lesiones, te las hiciste para…
- De qué otra forma podría hacer creíble mi malestar, los golpes, para Otis era yo misma, y para ti sería probablemente él quien me pegara, sólo necesitaba eso, tú sacarías las elucubraciones.
- Es usted, Dorota, una artífice del engaño.
- Y yo le recuerdo que usted es un hombre muy inteligente Ackermann, seguro su instinto le decía algo, sólo que estaba obnubilado con la vieja historia de la princesa y el ogro ¿no es así?
- Ciertamente, señora, y ciertamente que me ha analizado muy bien.
- Tengo muy buen instinto.
- Lo suyo es más que instinto, de eso estoy seguro.
- Bien por usted mi querido y buen amante doctor Ackermann.
- Quiero saber quién eres realmente.
- Sabes qué me gustaría saber, quisiera detenerme acá y pedirte que me describas cómo te gusta hacer el amor, que sensaciones has experimentado… qué te agrada… qué te desagrada… cuáles son tus ritos y costumbres… cuéntame lo que desees y hasta donde lo desees.
- Eres una mujer muy diferente a… a yodo lo que pensé de ti.
- Jajajajajaaja, sabes tu voz me envuelve, es tan dulce, nunca estuve con un hombre como tú, y eso me encanta, eres verdad, y eso es

lo que necesitamos hoy en día, verdad, todo lo que ves a tu alrededor son puras mentiras, donde metas la cabeza hay basura, la peor basura que tú puedas imaginar.

- Deja las adulaciones, y deja de darme vueltas, quién eres.
- Se hizo difícil, muy difícil Ackerman, pero al fin estamos aquí tú y yo, cara a cara, esos estúpidos cortes, mis fingidos desmayos y desvaríos, y otras cosas más que no imaginas, pero al fin estás aquí ante mí, he leído tanto sobre ti, en innumerables ocasiones pensé que eras una mentira, que no eras más que otro de ese equipo de eugenesia, otro más como ese Dr. Heinrich Gross y Reich Bouhler y el Dr. Brandt en el Programa Eugenesia, ellos, esos malditos y su "muerte misericordiosa" ¡por todos los cielos!
- Y su madre Frau Petra Holmberg, dónde está.
- Jajajajaja me imagino que muy bien, en algún lugar de Estados Unidos, tomando una buena copa de Oporto, el mejor vino para ella, es una mujer de campo que le puede decir, no cambiaría eso por el mejor champan del mundo.
- No entiendo, todo esto, cielos, me siento muy confundido.
- No es necesario entender Ackermann, sino actuar, estamos perdiendo tiempo, yo, tengo que retirarme, sino puedo ponerte en riesgo.
- En riesgo, de qué.
- De todo Ackermann, de todo lo que te puedas imaginar, y agrégale más aún si te falta creatividad.
- A su esposo le importa mucho ese certificado de salud mental.
- Sí, lo sé, y usted lo emitirá y mientras él está entretenido en sus "planes" yo lo estaré en los míos, le dijo rozándole ligeramente la entrepierna.

Ackermann sintió un escalofrío en todo el cuerpo, esa mujer lo volvía loco, le trasmitía una sensación erótica que jamás había sentido. Se dio cuenta que ella era una mujer de mundo, que sabía exactamente lo que quería e iba por ello sin el menor miramiento.

- Yo sólo he sido una ficha en todo eso, es desalentador.
- Quieres que te diga algo que te sorprenderá.

- Dime.
- Nunca imaginé que al conocerte me gustarías tanto, ni que fuese precisamente el cerdo de Volker el que me permitiría estar cerca de ti, de alguien tan especial como tú André Ackermann.
- Como sé que lo que me dices no es más que otra de tus actuaciones.
- No tengo que probarte nada Ackermann, créelo si quieres, pero esa es mi verdad. Por qué crees que estamos aquí.
- Porque necesitabas de un ambiente neutral para poder informarme de "mi misión" o como quieras llamarle.
- Sí, en parte, pero lo demás.
- Un incentivo para convencerme supongo.
- No necesitaba de eso para hacerlo, tú te mueves por la compasión André, no por la lujuria.
- Así que esa era la función de Mae.
- Jajajajaaj eres muy inteligente Ackermann.
- Di en el clavo, la tal Mae era parte del plan también, es increíble, me siento como un completo estúpido, me puse en peligro...
- Y no te importó con tal de ayudar a una persona necesitada.
- Y esa mujer estaba loca de verdad o también era mentira.
- Esa mujer no estaba loca, la quisieron volver loca que es diferente, es... es una presa política Ackermann, y no te diré más nada.
- Dime quién eres.
- Ackermann, te dije que...
- Por favor.
- Ella caminó hasta él y en su oído pronunció un nombre para él desconocido: Lucinda Washl, ese es mi nombre.
- ¿Estadounidense?
- Inglesa.

Ackermann se le quedó mirando como si la acabase de conocerla, aspiró su aroma y entonces le dio un apasionado beso en los labios. Ella se dejó y luego se arregló y avanzó hasta la puerta lentamente. Se volteó, le sonrió con cierta melancolía, y entonces salió. André no salía de su asombro había sido engañado como un niño, se sentía completamente perdido y desubicado. Pero si de algo estaba seguro era que esa mujer le encantaba, y estaría dispuesto a cualquier cosa con tal de tenerla, por estar a su lado siempre. Sintió que para él era el principio del fin, pero no le importó.

Continuará…

Esta historia continúa con los libros 2 y 3 de esta misma saga.

Si te ha gustado este libro, por favor déjame una reseña en Amazon ya que eso me ayudará a que lo lean otras personas.

Otros libros de mi autoría:

Azul. Un Despertar A La Realidad. Saga Libros 1-6

Adicta A Tu Aroma. Flor Divina del Desierto. Saga Libros 1-6

Profundamente Violeta (Libro 1)

Íntimos Deseos. Una Novela Romántica de Mercedes Franco Sagas Libros 1-3

Secretos Inconfesables. Una pasión tan peligrosa que pocos se atreverían. Saga No. 1, 2 y 3

Secretos y Sombras de un Amor Intenso. Saga Libros 1-3

Rehén De Un Otoño Intenso. Saga Libros 1-3

Las Intrigas de la Fama Saga Libros 1-3

Gourmet de tu Cuerpo. Pasiones y Secretos Místicos Saga Libros 1-3

Pasiones Prohibidas De Mi Pasado. Saga Libros 1-3

LOVECOINS. ¿Y si el amor fuese una criptomoneda...? Saga Libros 1-3

Hasta Pronto Amor. Volveré por ti. Saga Libros No. 1, 2 y 3

Amor en la Red. Caminos Cruzados. Saga Libros No. 1, 2 y 3

Oscuro Amor. Tormenta Insospechada. Saga Libros No. 1, 2 y 3

Mis libros de Fantasía y Romance Paranormal:

Inmortales. Génesis. El Origen de los Vampiros. (Libro No. 1)

Metamorfosis. El Legado Secreto de los Vampiros Saga Libros No. 1, 2 y 3

Reina de la Oscuridad. Una Historia de Romance Paranormal Saga Libros No. 1, 2 y 3

Seduciendo al Vampiro. Desafío de Fuego. Saga Libros No. 1 al 6

Dinastía de las Sombras. La Oscura Corona. Saga Libros No. 1, 2 y 3

Corona de Fuego. Saga Libros No. 1, 2 y 3

Oscura Dinastía Saga Libros No. 1, 2 y 3

La Furia y El Poder De Las Sombras Saga Libros No. 1, 2 y 3

Otros Libros Recomendados de Nuestra Producción:

Contigo Aunque No Deba. Adicción a Primera Vista Saga Libros 1 y 2
Autora: Teresa Castillo Mendoza

Atracción Inesperada Saga Libros 1 y 2
Autora: Teresa Castillo Mendoza

Deseos Embriagantes.
Autora: Teresa Castillo Mendoza

El Secreto Oscuro de la Carta (Intrigas Inesperadas)
Autor: Ariel Omer

Placeres, Pecados y Secretos De Un Amor Tántrico
Autora: Isabel Danon

Una Herejía Contigo. Más Allá De La Lujuria.
Autor: Ariel Omer

Juntos ¿Para Siempre?
Autora: Isabel Danon

Pasiones Peligrosas.
Autora: Isabel Guirado

Mentiras Adictivas. Una Historia Llena De Engaños Ardientes
Autora: Isabel Guirado

Intrigas de Alta Sociedad. Pasiones y Secretos Prohibidos
Autora: Ana Allende

Amor.com Amor en la red desde la distancia
Autor: Ariel Omer

Seducciones Encubiertas.
Autora: Isabel Guirado

Pecados Ardientes.
Autor: Ariel Omer

Viajera En El Deseo. Saga No. 1, 2 y 3
Autora: Ana Allende

Triángulo de Amor Bizarro
Autor: Ariel Omer

Contigo En La Tempestad
Autora: Lorena Cervantes

Recibe Una Novela Romántica Gratis

Si quieres recibir una novela romántica gratis por nuestra cuenta, visita:

https://www.librosnovelasromanticas.com/gratis

Registra ahí tu correo electrónico y te la enviaremos cuanto antes.

Secretos Inconfesables

Libro 2

Capítulo IV. Buscando a Ackermann

Por: Lucinda Washl

Recordó las tardes interminables de verano en la hacienda de la abuela en Chipping Campden, para ella y su hermana este era un lugar idílico, y todo el año soñaban con terminar las clases para ir a ese hermoso lugar. Siempre fue una chica curiosa y le gustaba saberlo todo, tal vez eso le ayudó años después cuando ingresó a la fuerza militar.

Ahora estando en ese mismo lugar recordaba la inocencia de sus años infantiles y le daba risa pensar lo bonito que era el mundo entonces comparado con todo lo que habían pasado en esos seis años de la guerra. La primera vez que vio a Londres luego de terminar la Segunda Guerra Mundial fue un gran impacto, pero una de las cosas que la consolaba era haberle ganado a ese maldito de Hitler. Pero luego del infierno que vivió no sabía si algún día se recuperaría, realmente estaba viva de milagro. Pero por lo menos la pequeña Amara estaría bien, lejos de todas las secuelas de ese terrible desastre.

Al recordarle se sentía francamente deprimida, no había nada más cruel que separarse de una hija, pero en ese momento era necesario, ni siquiera sabía si saldría viva de todo eso, y gracias a esa mujer alemana la pequeña Amara se había salvado de las manos de ese demonio de Menguele. Pero no podía dejar de imaginársela, correteando por allí con su hermoso cabello rubio y esos increíblemente hermosos ojos azules.

El dolor era casi insoportable, pero tenía una esperanza en su corazón, una muy pequeña, la de ver a André nuevamente, ese era el acuerdo que tenían, al terminar todo eso podrían reencontrarse. Al menos eso era un consuelo, una luz en medio de la tormenta, de toda esa oscuridad que los había embargado bajo la figura maléfica e indeseable del Fuhrer.

Recordó la primera vez que vio a André en persona, pese a haberlo estudiado intensamente por meses, conocía todo de él, su perfil psicológico el cual los investigadores del MI6 habían armado, éste era realmente increíble. Denotaba a una persona excepcional, de excelentes sentimientos, que se preocupaba por los demás. Era muy diferente a muchos alemanes para quienes los judíos y los desvalidos no importaban en lo más mínimo.

Desde que vio su foto le pareció un hombre muy guapo, con una ternura especial en su mirada de profundo color azul. Su tez pálida denotaba que era un intelectual, nada que ver con el nuevo ideal alemán atlético y fuerte que promovía el ideal nazista. Ella trataba de mantenerse en su rol como profesional, pero se daba cuenta que le llamaba mucho la atención ese hombre, más allá de lo normal.

Miraba su foto, leía y releía todos los días la información, se grabó de memoria muchos aspectos de aquella persona, la cual debía interceptar al mismo tiempo que seducir y atrapar al estúpido general Volker Otis, conocido bisexual. Le daba asco solo de pensar que debía acostarse con un hombre sanguinario como ese. Pero era necesario estar cerca de una de las manos derechas del Fuhrer, sobre todo éste que estaba a cargo del programa Acktion 4, en el cual muchos políticos claves habían sido encarcelados. Incluyendo ingleses y otras personas que eran protegidos por el gobierno inglés.

Era conocido por el MI6 que Hitler y sus generales estaban haciendo una masacre bajo el nombre de la higienización o eugenesia, donde personas con enfermedades eran eliminados con la excusa de limpiar la raza aria. Pero también con esa excusa eran asesinados políticos y conocidos personajes que estaban en contra de las maniobras anarquistas de Hitler. Igualmente, habían descubierto un programa denominado Lebensborg, el cual actuaba como una cubierta haciendo creer a las personas que se buscaba la reproducción sana y el cuidado de bebés alemanes para reproducir la raza, pero que en realidad era un programa de experimentación encubierto bajo el nombre de Proyecto L, el cual estaba bajo la dirección del indeseable y cruel Doctor Johan Koch-Lehner, y posteriormente contaría con la asesoría del propio Doctor Josef Menguele, quien sería conocido como el Ángel de la Muerte.

La misión de Lucinda era conectarse con personas que le permitieran ayudar a algunos políticos secuestrados por el gobierno alemán bajo el programa de eugenesia, y al mismo tiempo enviar información al gobierno inglés sobre el programa Proyecto L, el cual parecía muy importante para Hitler.

Para esto se entrenó por meses, preparándose física, mental y emocionalmente, sometiéndose a diferentes presiones, vejaciones y ejercicios para logra la mayor resistencia física posible. Lucinda siempre había sido una mujer muy fuerte, por eso cuando terminó su preparación se sentía plenamente capacitada para enfrentar lo que se venía. No obstante, al introducirse en el ambiente alemán se dio cuenta que nada de lo que hiciera era suficiente para aguantar la basura que reinaba entre los militares y los políticos del partido Nazi, ni las crueles escenas de tortura, asesinato o vejación hacia los seres humanos.

Fue colocada en un hogar bajo el nombre de Dorota Holmberg, haciéndose pasar por una chica alemana de clase media que había estado de viaje en el extranjero y ahora volvía a su país para participar en los campamentos de las juventudes hitlerianas. Pronto logró hacerse notar por el importante oficial alemán Volker Otis Furtwangler, quien era 17 años mayor que ella y el cual tenía preferencias bisexuales, aunque en realidad le gustaban más los hombres que las mujeres. Pero era peligroso ser homosexual en esa época, se arriesgaba a ser apresado por atentar contra los principios del nazismo, así que tenía cuidado de dejarse ver con hermosas jovencitas, y Lucinda se había encargado de ser la más bella de todas.

Él fue sobre ella como una ave de rapiña, su supuesto tío la llevaba a las fiestas organizadas por el partido Nazi, para exhibirla y que ésta se convirtiera en una presa deseable para Otis. La inteligencia y seducción discreta de Lucinda llamaron la atención del general, y en poco tiempo la pidió en matrimonio. Ella era experta en aparentarse alemana, una tímida y joven chica alemana de 17 años, cuando en realidad tenía 23, era todo lo contrario a lo que aparentaba ser. Sabía perfectamente como desenvolverse según el ideal de la mujer alemana, le habían entrenado con todo lo necesario para conocer la cultura y modismos mejor que cualquier persona de ese país, su acento era perfecto, gestos, estilo, había sido seleccionada por ser la más apta entre las candidatas para esa misión, gracias a su fenotipo y fuerte carácter que la hacían inmune a cualquier trauma emocional derivado de su misión.

O al menos eso creía ella, pero la realidad era muy diferente, fingir ser otra persona todo el tiempo, aunque estuviese sola, era francamente desgastante, siempre estaba en su papel, y nunca podía salirse de éste, pues era riesgoso para la misión. Ese día se observó en el espejo y vio a una desagradable desconocida, detestaba pasar desapercibida y comportarse como una mujer tímida y apocada, pero no podía hacer más nada, ese era su personaje y así debía comportarse para no despertar ninguna sospecha.

- Y bien, ya estás lista, le dijo Volker.
- Sí.
- Vayaaa, te ves francamente fantástica, serás la mujer más hermosa de toda la fiesta.
- Tú crees, me veo muy convencional.
- Para nada, si hay algo que no eres es convencional, si lo fueses jamás me habría casado contigo.
- Otis, yo…
- ¿Qué? Habla rápido, sabes que no me gustan las indecisiones.
- Espera, lo que quería decirte es que no me dejes sola en la fiesta.
- Oh rayos, tú y tus tonterías mujer.
- Es que no me gusta esa gente, son, son poco educados, no se comportan como personas discretas, con la etiqueta y el protocolo que se requiere en ese tipo de situaciones sociales.

- Pues contigo tendrán que hacerlo, porque eres mi esposa, así que no te preocupes, nadie se te acercará de forma irrespetuosa o se las verán conmigo, dijo colérico.
- Bien Volker, tranquilo, no ha pasado nada de eso, tranquilo.
- Bien, pero que quede claro, así que estarás tranquila en la fiesta, además los oficiales saben que con la esposa de Volker Furtwangler nadie debe meterse.
- Bien, como digas Volker, dijo pensando en lo molesto que era ese hombre, y en su evidente falta de carácter.
- Vámonos, sabes que detesto llegar tarde a todos lados.
- Pero es una fiesta Volker.
- No me importa, sabes que no me gusta, así que no me contradigas, le dijo el imponente hombre.

Volker Otis Furtwangler Weigel para ese momento Brigadeführer de la SS (posteriormente ascendería hasta llegar a Oberstgruppenführer-SS en 1942 gracias a sus buenos oficios y obediencia incondicional con el Tercer Reich). Era un hombre de un metro 90 centímetros, delgado y atlético, por lo que resultaba francamente amedrentador enfrentarse a él, era el prototipo del hombre alemán ario, rubio, de ojos profundamente azules, mirada penetrante y fuerte. Si se hubiese deseado ilustrar a ese ideal del hombre nazi seguramente la foto de Volker habría estado al lado de esa descripción. Con su uniforme negro se veía francamente imponente, era un hombre muy masculino y fuerte, nadie sospecharía que en realidad no cumplía con los requisitos establecidos por el régimen.

Cuando llegaron a la fiesta todos se quedaron admirados al ver la belleza de la señora Furtwangler, la cual destellaba elegancia y distinción, muy diferente a todas las chicas falta de clase que pululaban alrededor de los oficiales del partido Nazi. El derroche de lujo era magnánimo, no se escatimaban gastos para dar la mejor impresión posible, y otorgar un ambiente que les hiciera pensar a los alemanes como el Canciller y ahora líder de la nación estaba sacando a flote a la Alemania de esos años de terrible inflación después de la Gran Guerra.

- Ves como todos te admiran.
- No, no me di cuenta, mintió ella.
- A veces desearía que fueses menos modesta, me gustan las mujeres que se destacan del montón.
- Está bien Otis, le dijo sabiendo que era mentira.
- Espero que esta vez te comportes normalmente.
- A qué te refieres.
- A esas tonterías que te han dado últimamente, no quiero que demuestres esos comportamientos delante de los demás.
- Volker, yo...
- Sabes que detesto la debilidad, y también el Fuhrer, jamás aprobaría que tuviese una mujer enferma, loca, triste, eso no es digno de una esposa alemana, y causa desprestigio a mi rango, así que cuidado con lo que haces.
- Por Dios, quieres controlar hasta mi estado de ánimo.
- Una esposa alemana nunca cuestiona lo que su esposo dice.
- Supongo que no, dijo ella francamente fastidiada de todas las estupideces de aquel hombre.
- Hablé con alguien y me ha contado de un buen doctor que puede ayudarnos con este problema.
- ¿Un buen doctor?
- Sí, un psiquiatra, muy discreto, así no correremos peligro.
- Y cómo se llama.
- Ackermann, eh no recuerdo su nombre.
- Bien como digas, lo dijo con una satisfacción interna, por fin se estaba acercando a su objetivo.
- Quiero que te comportes de una forma discreta y elegante en la fiesta, que tu belleza hable por sí sola, y así seremos el centro de todo ese evento, dijo con una sonrisa vibrante.

Para Volker la única estrella de la relación era él, siempre debía ser él, y ella lo había estudiado durante años, si fuese una mujer más extrovertida jamás se habría casado con ella. En el fondo le gustaba la sumisión y que se hiciera todo el tiempo lo que él quería. Sus órdenes debían ser ejecutadas de forma inmediata, tal como sucedía en su división de la SS, sus soldados debían realizar lo que él dijese sin chistar, y esta cualidad anárquica era la que le había podido ayudar a ascender rápidamente en la escala de general de Hitler.

Estaba fastidiándose entre toda esa gente tonta y superficial cuando divisó al Doctor Ackermann entre la multitud. Al fin, luego de fingirse enferma y arriesgarse era ser enviada a una clínica psiquiátrica el general Volker había accedido a que la viese un médico de forma privada, para examinarla y curarla de todos su males. Allí estaba, era el propio André Ackermann en persona, sólo que no se esperaba que fuese aún más guapo en persona, y al verlo sintió que ese efímero gusto que había experimentado en sus fotos ahora se acrecentaba al observarle de cuerpo presente.

Era un hombre encantador, un tanto tímido, su piel pálida era hermosa y contrastaba con su barba negra, tenía unos profundos ojos azules que destilaban ternura y masculinidad. Sabía que ella le llamaría la atención, pues precisamente la habían escogido porque se parecía a la fallecida esposa de Ackermann, Helga, su cabello rubio y ojos verdes eran muy similares, pero además ella tenía un aspecto tierno y que generaría compasión en ese hombre, cuyos buenos valores familiares siempre lo impulsaban a ayudar a los más necesitados, y más aún a una dama en peligro.

Así como estaba estudiado a Ackermann se le fueron los ojos al verla, sabía que le había gustado, era evidente, cada vez que volteaba Ackermann la estaba observando. Pero era necesario probarlo antes, así que en esa misma velada fue interceptado por la espía también inglesa cuyo nombre clave era Mae, pero su nombre real era Ericka Fitzpatrick alías Alison Fiztherber, experta en seducir a los oficiales, era lo que se llamaba un gorrión, mujer experta en las artes del sexo y la seducción que usaba sus encantados para sacarles información privilegiada a hombres importantes, y luego enviarla al Reino Unido.

El pobre Ackermann no sabía en lo que se estaba metiendo, pero en ese momento para Lucinda sus sentimientos no eran importantes, sino lograr el objetivo, probarlo y lograr introducirlo como un aliado del gobierno inglés para sacar a los presos políticos de acescencia inglesa que estaban presos en ese manicomio y también en un Hospital de Brandemburgo donde los esperaba una muerte segura. Sin embargo, le molestó cuando lo vio marcharse con Ericka, pero en ese instante supo que era bastante probable lograr lo que se había propuesto años atrás cuando aceptó ese trabajo para el MI6.

- De dónde conoces al doctor Ackermann, le preguntó a Volker.
- No lo conozco, el granuja de Klint me lo ha presentado, y dicen que es muy bueno y discreto para esos asuntos, digamos de salud.
- Mmm, bien.
- Acordé con él que irás a su consulta todos los jueves.
- ¿A su consulta?
- Bueno, obvio, a nuestro departamento en el centro, claro no queremos que sea evidente tu trastorno, así que lo haremos de esa forma, iremos hasta allá como una reunión cualquiera, asuntos de trabajo, después de todo ese estúpido de Ackermann trabaja en una clínica de mi... división.
- Bien, dijo ella sabiendo que Volker no le daría mayores detalles, pues estaba prohibido que los soldados hablaran con nadie de esos peligrosos asuntos de estado.
- Así que pasado mañana iremos y esperemos que con eso te pongas mejor, porque últimamente has estado insoportable.
- Lo siento.
- No puedo darme el lujo de tener una mujer enferma, te necesito fuerte, además debemos tener hijos, ningún oficial de la SS que se precie puede estar sin ellos, ya ves lo que dice el Fuhrer, es nuestro deber llenar el pueblo Alemán con hijos sanos y fuertes que sean el orgullo de la raza aria.
- Entiendo, dijo Lucinda, más pensando que le quedaba poco tiempo para lograr su misión que en la raza aria, pues no estaba dispuesta a tener ningún hijo con ese engendro del demonio.
- Ahora, dijo encarándosele, cumple con tu debe de esposa.
- Volker.

- No quiero excusas, necesitamos tener hijos.

Ella sabía que Volker no disfrutaba plenamente de tener relaciones con mujeres, ya que su preferencia eran los chicos jóvenes, pero no tenía ninguna otra opción, así que dejo que el molesto gigante le quitara de un solo zarpazo el vestido y este cayó al piso. Así le quitó la ropa interior, los ligueros, y entonces la colocó sobre él tomándola con fuerte como lo haría un animal salvaje. Pensó en otra cosa mientras aquella mole la embestía con fuerza, él gemía de placer y se retorcía cobrando un tono rojizo en su cara azulenca.

- Oh rayos, se siente tan bien.
- Sí, efectivamente dijo sin mucho entusiasmo.
- Esto amerita fumar un buen puro, esperemos que hagas tu trabajo.
- A qué te refieres.
- A que salgas embarazada.
- Veremos.
- Veremos no, debes salir embarazada, necesito un hijo, el Reichsführer Himmler me ha preguntado cuándo vamos a tener hijos, ya no sé qué decirle.
- Por qué se meten en eso.
- Dorota tener hijos no es un asunto personal, es algo de Estado, y un buen soldado alemán debe tener hijos por el bien de su nación, es una muestra de orgullo patriótico.
- Entiendo, dijo se volteó dándole la espalda para no seguir viendo a ese desagradable hombre que no hacía más que repetir como una marioneta todo lo que esos oficiales le metían en su estrecha mente.

Ese jueves se sentía muy nerviosa, al fin podría hablar con Ackermann, se había imaginado como sería y cuál sería su voz, estaba muy entusiasmada por conocerlo. Llegaron al departamento y al subir un oficial de la SS los estaba esperando en la puerta. Era uno de los escoltas de Volker, este permaneció en la puerta y luego entró con ellos, dentro estaba el doctor Ackermann cuya expresión cambió completamente al verla.

- Buenas tardes doctor Ackemann.
- Buenas tardes general Furtwangler.
- Le presento a mi esposa Dorota Furtwangler.
- Cómo está Frau Furtwangler.
- Cómo está doctor, dijo ella sin mirarlo directamente a los ojos.
- Bien doctor, podemos comenzar.
- Necesito que la paciente pase sola conmigo.
- No use esos términos doctor.
- Bien, necesito que Frau Furtwangler pase conmigo a solas.
- No estoy muy de acuerdo con eso.
- General, es la manera como se deben realizar estas...eh.
- ¿Reuniones?
- Sí señor.
- Bien, entonces adelante, yo estaré esperando aquí, pero luego usted y yo nos reuniremos en privado.
- Cómo usted diga general.
- Ve con el doctor Dorota, yo te espero aquí.
- Bien, dijo ella dejándose conducir por el doctor hacia dentro de una oficina.

El doctor Ackermann cerró la puerta y al mirarla contra la luz reverberante de la ventana sintió que estaba viendo un hermoso ángel, su rostro era francamente renacentista, digno de aparecer en cualquiera de los cuadros de Boticelli, era perfecto, triangular y por supuesto muy nórdico. Casi sentía sus ojos salirse de las órbitas, era de una belleza serena y pura, un personaje salido de un libro de mitología.

- Por favor, Frau Furtwangler, siéntese aquí, le dijo mostrándole un diván que estaba del otro lado del mueble donde el doctor se sentó.
- Doctor, esto es muy raro para mí, dijo ella fascinada por ese hombre, tenía los ojos más hermosos que había visto en toda su vida.
- Entiendo, es normal que se sienta así al principio, luego verá que las cosas se van haciendo más familiares.

Luego de la primera sesión comprobó lo dulce y comprensivo que era él, pero además también parecía un hombre firme con fuertes criterios. Aunque sabía perfectamente que le gustaba mucho, mantenía su postura ética incólume, estuvo todo el tiempo en su papel de terapista, mientras ella también trataba de estar en el suyo, aunque en realidad lo único que deseaba era comérselo a besos.

Sabía perfectamente que eso representaba un problema para la misión, por ningún motivo debía relacionarse íntimamente con nadie que estuviese en la misma, porque eso comprometía seriamente los objetivos establecidos, y representaba incluso ser removida o sancionada por el MI6. Así que nunca dejó de estar concentrada y de contar toda la historia que ya se sabía de memoria.

Ella debía ser la pobre esposa sufrida, a quien ese hombre maltrataba psicológicamente, incluso los arañazos y cortes que se había hecho le servían para que el doctor pensara que el propio Volker era el responsable. Cuando éste le preguntó sonó evasiva, como cualquier mujer maltratada, debía inspirarle el máximo de compasión para poder interesarlo, ya que sabía perfectamente que este sentimiento era el mayor incentivo para André Ackermann. Debía lograr que él se enamorara, y luego, cuando ya no pudiese más reclutarlo para las fuerzas inglesas. Lucinda nunca había fallado en una misión y esta no sería la excepción, solamente que no contaba con que ella misma también se estaba enamorando de él, al ver su forma de ser y el corazón que habitaba en ese bello cuerpo.

Pasó el tiempo y ella necesitaba concertar una cita en algún lugar donde pudiera finalmente contactar con Ackermann de una manera íntima. Sabía que él conocía de un lugar especial para personas que deseaban descansar del mórbido ambiente berlinés, así que dejó caer unas cuantas palabras en su última sesión, para dar a entender lo mucho que ella necesitaba descansar y alejarse de todo.

Efectivamente, Ackermann le mencionó de un lugar a las afueras de Berlín, una hacienda regentada por una mujer de nombre Frau Héller, quien era conocida del doctor, una anciana a quien ya la memoria le comenzaba a fallar, pero que seguía siendo tan activa como cuando tenía 16 años.

- Bien doctor, me gustaría, pero tiene que preguntarle al general, y él dará su última palabra.
- Muy bien Frau, yo me encargaré, no se preocupe, ya verá como eso le sentará mejor.

Ahora para terminar de convencer a Ackermann debía jugar la ficha que le faltaba, el acto sexual, el doctor hacía mucho tiempo que no tenía una pareja estable, nunca se había visto con otras mujeres desde la muerte de su esposa, y Lucinda sabía perfectamente cómo volver a un hombre loco en la cama, y más si le gustaba como André, definitivamente él no veía el tren que lo iba atropellar. Sencillamente, el doctor Ackermann no tenía oportunidad ante la belleza imponente y la fuerte sexualidad de Lucinda Washl.

Ese día cuando llegó a la hacienda, se sintió bien de estar al fin sola, pero luego de un tiempo se estaba fastidiando, fingiendo ser la mujer solitaria y tonta que no hablaba nada interesante, ni hacia nada divertido. Entonces tomó una vieja escopeta de caza que aguardaba la señora Héller de su fallecido marido, la cual ante la actitud resuelta de la mujer se asustó y le entregó el arma un poco extrañada.

- Pero Frau Furtwangler ¿usted sabe tirar un arma? Eso es muy peligroso.
- No se preocupe Frau Héller, soy una mujer de campo, crecí con mi familia en las afueras de Magdeburgo, se cómo disparar una escopeta y cómo cazar.
- Oh cielos, yo pensé que usted era berlinesa, una mujer citadina.
- Lo soy, pero también me críe en el campo, así que no se preocupe.
- Pero el bosque está nevado Frau, si el general se entera de esto me puedo meter en un gran problema.
- Y es por eso que no le diremos nada ¿verdad?
- Así será Frau, de mi parte el general no sabrá nada, pero por favor tenga cuidado, me deja con el alma en un vilo.

- No se preocupe Frau Héller, yo estaré muy bien, y además le traeré algunas presas para cocinar.
- ¿Caza también?
- Por supuesto, ya le dije que soy una mujer de campo, cuándo ha visto usted a una que no sepa cómo cazar una buena presa.
- Pues ninguna.
- Entonces no se preocupe, le aseguró que estaré aquí sana y salva para el almuerzo y usted tendrá que preparar unos buenas liebres para la cena.
- Bien Frau cómo usted diga.

El soldado insistió en acompañarla pero ella le dijo que no, y se mostró autoritaria, como lo haría el general en sus mejores momentos, y aunque asustado el hombre tuvo que claudicar ante el empeño de Lucinda. Ella se sintió al fin libre cuando tomó la escopeta y salió de la casa, se dirigió hacia el bosque, no tenía el más mínimo temor, había completado infinidad de misiones en lugares inhóspitos como ese, y era una superviviente nata en situaciones de riesgo. Sabía que hacer en caso que se presentara cualquier eventualidad mejor que cualquier soldado nazi, después de todo ella también era militar antes de ser asimilada como espía por el MI6.

Ese día había buen clima, los débiles rayos solares se colaban entre las rendijas que dejaban los grandes árboles de pino, avanzó entre el bosque con paso seguro y decidido, se sentó un rato en una enorme piedra, cerró los ojos y respiró el gélido pero delicioso aire, que significaba para ella unas horas de total libertad. Aunque no se confiaba completamente, ya que el soldado bien podría haberla seguido, así que trataba de mantenerse en su papel, pese a estar completamente sola.

Entonces sintió el ruido, se apercibió y ahí estaba, era una gran liebre, la miró con detenimiento, apuntó y disparó, entonces fue a recoger la presa. En otro momento lo habría hecho de forma automática, pero ahora sintió una leve compasión por el animal. ¿Qué le estaba pasando? Acaso sería el doctor Ackermann quien estaba operando cambios en ella. Se sentía un tanto estúpida, debía mantener esos sentimientos separados de todo lo que estaba haciendo ya que eso podría perjudicarla gravemente.

Pero no sabía qué tenía ese hombre que la hacía sentirse incluso plena, feliz, le genera una especie de electricidad en el cuerpo, incluso había soñado que hacían el amor. Nada bueno, pues eso la estaba dispersando, así como la compasión ante ese animal. ¿Ackermann o ella terminarían así? En un segundo se movía ágilmente por el bosque y ahora yacía inerte ante sus manos. La vida podría ser muy cruel, y ella lo sabía perfectamente al leer los informes de todas las vejaciones infringidas por los nazis, incluyendo los viles asesinatos cometidos contra los judíos. Ellos sencillamente no tenía oportunidad ante la maquinaría opresora e inmisericorde del nazismo.

En su mente imaginaba ejecutar con sus propias manos al maldito criminal de Volker, y también a Hitler, deseaba hacerlo personalmente, aunque sabía que con Hitler era difícil con Volker era mucho más fácil de lograr. Era una fantasía recurrente, pero lamentablemente esa no era su misión, no le servía muerto, pues debía sacarle toda la información que pudiera y para eso lo necesitaba con vida. El muy desgraciado por ahora tenía suerte, sino ya sería historia.

Lucinda no era una espía de envenenamientos como Felice Schragenheim, quien era experta en envenenar soldados nazis. Ella la conocía, se habían entrenado juntas, pero ella había tomado otro camino, Lucinda era una espía de inteligencia y su misión era obtener información importante para exponer las acciones del gobierno nazi. Pero le gustaba imaginarse que si hubiese sido así también sería la mejor.

Volvió a concientizar donde estaba, miró a su alrededor, por un segundo deseó estar otra vez en la campiña inglesa, recordó los veranos en casa de la abuela, cómo deseaba volver a esos momentos de tranquilidad y ser una mujer normal. Se puso a fantasear si hubiese conocido a Ackermann en Inglaterra, habría estado libre para mostrarse como era realmente y vivir un romance con él. Pero en estas condiciones era difícil, así que sacudió la cabeza tratando de volver a la realidad y comportarse como lo que era.

Sintió el ruido tan conocido, fue tras la presa, y entonces disparó esta vez sin misericordia, al cabo de dos horas había cazado cuatro liebres, se las cargó al hombro y se sentó cerca de un barranco, el paisaje era increíble, el bosque se extendía por kilómetros, el nevado paisaje era etéreo, casi mágico, digno de algún cuento nórdico. Le provocaba irse por ese sendero y no mirar atrás, olvidarse de todo y nunca más verle la cara al despótico Volker. Pero bien sabía que eso era imposible, así que cerró los ojos una vez más.

- Sólo por un poco más de tiempo Lucinda, sólo por un poco más de tiempo, se repitió varias veces.

Su único incentivo era que al día siguiente vería a Ackermann y con toda seguridad estaba decidida a estar con él. Por fin, hacer el amor con un hombre que le gustara realmente, mostrarse como era y sentirse mujer después de tanto tiempo. Se preguntaba cómo sería Ackermann en la cama, si sería buen amante, y eso le creaba cierta expectativa. Se reía pensando que el estúpido Volker era traicionado y casi en sus propias narices. Ese idiota debía tener su merecido, aunque nunca se enterara.

Entonces se levantó y emprendió el regreso a la casa, miró alrededor y comprobó que el soldado no la había seguido, seguramente la vigilaba a distancia pero no se atrevía a acercarse por temor a represalias, la esposa de un general tenía poder, aunque no directamente pero una orden suya podría ponerlo en peligro. Comprobó que seguía donde le había dejado, ella avanzó y de repente comenzó a nevar suavemente, cuando entró en la cocina Frau Héller estaba realmente sorprendida al igual que la cocinera.

- Buenas días, Frau Furtwangler.
- Buenos días, le dijo.
- Buenos días, la saludó nuevamente Frau Héller, fingiendo como si no supiera claramente que ella había salido a cazar.

- Buenos días, le respondió ella aguantando la risa al ver a la anciana en tal aprieto.
- El doctor...está aquí eh.
- ¿Ackermann?
- Sí, Ackermann, llegó hace rato.
- Bien, dijo ella sintiéndose emocionada, y disimulando para evitar cualquier sospecha entre las mujeres.

Se dirigió a su habitación de donde decidió no salir para no toparse con Ackermann, bien sabía que si lo veía antes de la cita no podría ocultarle lo mucho que le emocionaba verlo, deseaba tomarlo y tirarlo en algún rincón para hacerle todas esas cosas que había aprendido con su antiguo novio Richard Brown. Ella quería aprovecharse de la situación para obtener un beneficio personal, después de todo lo que había pasado pensaba que se lo merecía, ya que soportar a Volker en la cama era la cosa más desagradable del mundo. Se le hacía francamente asqueroso, ese hombre era totalmente egoísta y vil.

A las 3 pm le pidió a una de las criadas que le preparara un baño caliente, cosa no muy común por la zona, ella amaba el hedonismo y se metió en la deliciosa bañera a su gusto y estuvo hasta que se le arrugaron los dedos de las manos. Quería estar divina para Ackermann, que éste se quedara obnubilado con su presencia y el delicioso aroma de su piel. Lo seduciría en todas las formas posibles que una mujer podría hacerlo con ese hombre especial, un caballero como él no se veía todos los días.

Pidió que le llevaran la cena a su cuarto, así que Ackermann se quedó con las ganas de verla, y eso también la ayudaba, crearle una expectativa, que cuando la viera estuviese tan ansioso como para no pensar en más nada que tenerla. Así ella lo mantendría en vilo hasta el final cuando por fin éste tendría que entregársele rendido como la liebre ante la imposibilidad de defenderse.

Sabía perfectamente que Ackermann estaba en uno de los cuartos cercanos y que estaría pensándola tanto como ella a él, de hecho en un momento de la noche deseó echar todo por tierra y entrar en su cuarto colocarse sobre él y hacerle el amor hasta cansarse. Pero bien sabía que eso era imposible, porque dañaría todos los propósitos de la misión, eso era lo último que quería, el objetivo estaba por encima de todo, incluso de sí misma, estaba dispuesta hasta dar la vida. La salvación del mundo y de las personas inocentes valía más que sus propios sentimientos.

Ese día jueves ella estaba más emocionada de lo que hubiese pensado, cuando se miró al espejo y pintó sus hermosos labios casi temblaba, pronto estaría con Ackermann, sólo que a diferencia de él ella sabía exactamente lo que pasaría. Tuvo que sostenerse el codo con la otra mano para poder pintarse correctamente los labios, ya que la mano le temblaba de la emoción.

Entró en la oficina a las 5 pm, puntual, se sentó y miró el reloj viendo con extrañeza que Ackermann estaba retardado, aunque generalmente era muy puntual y lo había mandando a buscar con Frau Héller. Al cabo de 5 minutos escuchó el sonido en la puerta, entonces su corazón rebotó con fuerza dentro del pecho, se dio cuenta que se estaba enamorando de André Ackermann, entonces sintió miedo. Había buscado a Ackermann y lo había conseguido, pero no sospechó que él se convertiría en alguien tan importante para su vida.

Recibe Una Novela Romántica Gratis

Si quieres recibir una novela romántica gratis por nuestra cuenta, visita:

https://www.librosnovelasromanticas.com/gratis

Registra ahí tu correo electrónico y te la enviaremos cuanto antes.

Capítulo V. Me llamo Lucinda Washl

Cuando lo vio supo que su destino estaba sellado, estaba enamorada de ese hombre, André Ackermann era irresistible, hermoso, espigado, en sus labios se notaba la tensión nerviosa que le generaba su presencia, sus ojos brillaban más de lo normal, era como si tuviese una ilusión en su mente. Ackermann había pasado toda la noche pensando en ella, deseando que llegara ese momento. Pero ella necesitaba concentrarse en lo que había que hacer, ahora era el instante perfecto para dar la embestida final.

- Le conté que he empezado a fantasear con otro hombre que no es mi esposo, le dijo sondeándolo para ver su reacción.
- Sí, lo recuerdo, le contestó con parquedad, y su rostro se veía muy tenso.
- ¿Le escandaliza?
- No, recuerde que soy médico, mi trabajo es escuchar lo que usted me diga, y no juzgarla.
- Sabe que haría Volker si se enterara de esto, su intención era acorralarlo hasta el final.
- Algo malo, supongo.
- Y tal vez piense que es por celos o peor aún por amor. Le dijo tratando de sondearlo.
- ¿No cree que su esposo la ame? Dijo poniendo un gesto ansioso.
- Amarme, claro que no, ese desgraciado no sabe lo que es amar, creo que el único afecto que tiene es ese perro que tiene en su casa, y eso porque el Fuhrer en persona se lo regaló, sino, no sé qué sería de ese pobre animal. Bueno eso, y cierto oficial jajajaaja muy amigo suyo.
- Eh, bien, entonces de acuerdo a usted si hiciera algo malo, cuál sería la causa.

- Obviamente orgullo doctor, es el único motor que mueve a personas como el general.
- Bien.

Ella observó su rostro y lo vio un poco inquieto, ese rostro era impenetrable, pero parecía algo incómodo con lo que ella le estaba contando.

- Y a usted qué lo mueve doctor. Le dijo con voz insinuante.
- ¿Perdón? Le dijo asombrado de su pregunta.
- Qué lo mueve, la ciencia, las teorías humanistas, el perdón, la belleza, la culpa...o...el amor quizá.
- Usted ¿juega?
- Jugar, depende, hay buenos juegos y juegos malos doctor, al jugar debe asegurarse que sabe hacerlo, sino puede salir muy mal. Le increpó enarcando sensualmente la ceja derecha.
- Habla usted como una jugadora experta, Frau Dorota.
- Y usted habla como alguien que sabe más de lo que dice, qué le ofreció mi esposo, y qué información le suministra. Le respondió fingiendo estar molesta.
- Sólo lo que es profesional decirle, tenga por seguro que nada de esto sabrá.
- Jajajajajaa, bien doctor, bien, entonces nada de lo que diga o haga aquí lo sabrá mi esposo.
- Así es Frau Dorota.
- Entonces llámame Dorota, le dijo acercándosele de pronto.

Ese era el momento para su jugada, ahora tenía la presa a la vista y no pensaba darle la oportunidad de escapar, ese sería el instante para darle el tiro de gracia. Así que se acercó e hizo su jugada final.

- Frau Furtwangler, dijo tratando de retroceder, qué hace. Parecía realmente asombrado.
- Crees que no me he dado cuenta la manera como me miras, se nota a leguas y no sabes fingir. Te has salvado porque el general es un completo timorato y se ve mucho más listo de lo que es realmente.

- Frau...yo, dijo tratando de zafarse mientras la mujer lo tomaba por el cuello de la camisa.

En ese momento el doctor Ackermann sintió una corriente eléctrica recorriéndolo y bajando por sus piernas y directamente hacia su zona íntima, indicándole que necesitaba el placer que por tantos años se había negado a sentir, pero ahora deseaba con todo su ser.

- Dorota, no es así como has deseado decirme André ¿o prefieres que te diga Doctor? Ah André, es así como te gusta jugar, es así como quieres que juguemos. Entonces se abalanzó sobre él y lo besó con pasión en los labios.

Rozó sus labios delicadamente y luego con más intensidad, y después introdujo su lengua para jugar dentro de su boca, André se estremeció todo instantáneamente, comenzó a sentir la sensación de excitación.

- Frau, yo… no…
- No digas nada, solamente déjate llevar por esos sentimientos que sé tienes por mí desde hace tanto tiempo. Desde aquella noche en que nos cruzamos en aquella reunión, vamos, déjate llevar, le dijo, y su mano bajó hasta su entrepierna y comenzó a acariciarla sabiamente, justo como él había soñado que alguien lo hiciera toda su respetable vida.
- Ohhh, gimió él, dejándose llevar por la pasión.

Luego de ese maravilloso momento Lucinda se sentía plena, por fin había liberado esa pasión que por tanto tiempo había reprimido, ahora que lo había seducido podía dar la estocada final y por fin conseguir el objetivo deseado. Su actitud asombraba al doctor Ackermann, y ella lo sabía, había descubierto que éste era mucho menos convencional de lo que había intuido, y era una parte de su pensamiento que había permanecido cubierta para el servicio de investigación.

- Después de lo que pasó puedes tutearme ¿no lo crees? Ya no soy la gran y sufrida señora Furtwangler- Holmberg, ahora soy una mujer aquí ante ti, que te hizo disfrutar como nunca, lo sé, creo que lo has disfrutado en grande, y créeme que yo también lo he hecho, eres un muy buen amante Ackermann, podría acostumbrarme a ti, muy pronto.

Lo dijo con sinceridad, porque lo pensaba, Ackermann la había dejado francamente impresionada, él era mucho más especial de lo que había intuido e investigado. Incluso con él había experimentado ternura, una mezcla de pasión y sensualidad, ternura e inocencia, una mezcla inesperada y explosiva. André Ackermann definitivamente era un hombre increíble en todo sentido, y ella se sintió complacida tanto emocional como físicamente.

- La verdad no sé quién eres, obviamente no la "sufrida señora" pero tampoco sé quién eres, no sé quién eres, a ver.
- Jajajajaa, me gusta tu energía Ackermann, eres un hombre enérgico sin ser un machista invasivo y repugnante como Volker. Te necesito Ackermann, necesitamos a alguien como tú. Y además, hay algo especial en ti, no sé cómo explicártelo o sí, pero no puedo hacerlo ahora.
- Necesitan, de qué rayos me hablas. Le dijo él inquieto y nervioso.
- Jajajajaja Mae ¿recuerdas a Mae? La sexy pelirroja y hermosa Mae, con la cual te fuiste muy animado esa noche. Le dijo fingiendo que pensaba que él se había acostado con la detective Ericka Fitzpatrick.
- Sí, dijo tratando de unir los cabos sueltos, pero no me fui con ella en el sentido que quisiste darle, ni tampoco hicimos nada juntos, yo…Le dijo tratando de explicarle angustiado porque le interesaba que ella supiese la verdad.
- Tranquilo Ackermann, no tienes por qué darme explicaciones, no es necesario. Ayudaste a una persona muy importante, y has colaborado con muchas más, un nazista jamás haría algo como eso, nadie ayudaría a unos perros judíos ¿no es cierto? Le dijo con ironía. Se ha demostrado científicamente que son menos que escoria, y que ustedes los alemanes, dijo tomando otro cigarrillo y sentándose en el escritorio, los alemanes son la máxima supremacía de las

razas, de todas las malditas razas del mundo jajajajajaja, oh sí los arios, y venga a usted a saber qué cosas más, los estúpidos atlantes, seres superiores que provienen de una región olvidada, vaya, qué manera de alimentarse el ego ¿no es cierto Ackermann? Terminó de decirle con un tono completamente sarcástico.

- Eso, eso han dicho. Le respondió él, más tratando de leer entre líneas las intenciones de ella y asombrado ante el cambio de personalidad que se había operado de un día para otro.
- Ackermann, no me digas que tú también crees en esas estupideces, no me decepciones por favor. Se rio.
- Rayos no, pero ¿por qué dices ustedes? Como si tú también no fueses alemana, mírate no creo que haya alguien más aria que tú, eres el perfecto ejemplo de una hermosa rubia del este. Le dijo completamente convencido de que ella fuese germana pura y verdadera.
- Jajajajajajaja Oh, Ackermann, Ackermann. Dijo complacida de que todavía Ackermann pensara que ella era alemana.
- ¿Qué? Por qué la risa, le dijo asombrado.
- Sabes, me alegra saber que hay personas distintas, que todos los alemanes no son iguales, que no todos odian a las personas o se mantienen indiferentes ante el sufrimiento, tú eres distinto André Ackermann, te he probado y eres diferente, sabes dónde queda esta calle, le dijo mostrando un mapa de Berlín que estaba en el escritorio.

Estaba a punto de involucrarlo en la misión, sentía el corazón latiendo con fuerza, ya casi lograba parte de su misión, se sentía emocionada.

- Sí, por supuesto, he transitado por allí muchas veces, le respondió él como la cosa más normal del mundo.
- Necesito que vayas aquí, entiendes, es muy importante, tienes que ir aquí y pregunta por Johann Koch, y él te explicará todo, todo lo que necesitas saber, o lo que quieres saber. Le dijo con vehemencia.

- No entiendo de qué trata todo esto, pensé que eras una persona que...

Ackermann estaba muy confundido, trataba en su mente de encontrar la solución, pero no terminaba de entender lo que sucedía, ni quien era esta persona que se mostraba como una mujer segura, intrépida y valiente.

- Te gusta salvar personas, las damiselas en peligro, toda tu vida Ackermann, ¿por eso te gustaba? ¿Por ser una mujer sufrida, una pobre esposa alemana? Sí, te gusta eso, una mujer tímida, una flor, alguien a quien enseñar, cuidar, jajajaja después de todo eres un hombre tradicional, chapado a la antigua, un caballero germano.

Pero contrario a lo que ella había pensado eso que descubría de él le gustaba, Ackermann era un caballero y eso era algo que inesperadamente le llamaba demasiado la atención, incluso la delicadeza de tratarla después de estar juntos, como le besó el hombro con ternura y pasión, la manera de acariciarle la espalda, recorriendo con delicadeza sus piernas. No había punto de comparación con la vil lujuria de Volker Furtwangler.

- No, me gustas mucho, y ...
- Y qué.
- Que te equivocas, en realidad me gustaste más... cuando vi que no era de esa forma, ayer cuando venías de la caza y noté que no eras la misma mujer, que esta Dorota era decidida y atrevida, fuerte, me gustaste más que antes. Le dijo con vehemencia y sus ojos brillaron deliciosamente al proclamar esas palabras.

Para ella fue impresionante descubrir que Ackermann parecía más encantador con la personalidad que mostraba ahora que con la actuación como Dorota Furtwangler. Este hecho la tomó desprevenida, ya que iba en contradicción con todo lo que había investigado y estudiado acerca de él.

- Bien, entonces me sorprendes, y por eso mismo me pareces más interesante de lo que creí. Le dijo con sinceridad.

- Pensaste que era un tipo convencional y nada más.
- Algo así, le dijo mirándolo de lado, que te puedo decir es lo que pareces, jajajaa, disculpa, no quiere decir que eso sea malo cariño.
- Eres encantadora, sabes, le dijo admirado con su seguridad.

El corazón de Ackermann latía con fuerza, sentía su pecho henchido, estaba sorprendido de todos los maravillosos detalles que podía percibir en Dorota, cada gesto, la forma como se mordía los labios de una manera muy sensual, la manera como movía sus manos, el brillo sexy de sus ojos, esos pequeños hoyuelos que se le marcaban en las mejillas, el inquietante y exótico arco de cupido, sus hermosas uñas rojas en contraste con la marmórea piel. Esas pecas delicadas que se dejaban entrever cerca de su nariz.

- Te diré lo que haremos de ahora en adelante, le dijo señalándolo con un gesto muy sexy.
- Dime. Le dijo él vivamente interesado, ella parecía salida de una película, una Rita Hayward.
- Bien, le dirás a mi esposo que estoy bien, y yo me portaré como si me hubiese curado.
- Es decir, que nunca estuviste enferma. Le contestó él francamente sorprendido.
- Jajajaja Ackermann, Ackermann, para ser un hombre de ciencia y que de paso que estudia la personalidad humana pareces muy despistado, y disculpa que lo diga de esa manera tan poco civilizada para los modismos alemanes que tanto parecen gustarte.
- Eres una mujer fascinante, le dijo completamente sorprendido, pero la psicología no es una ciencia exacta, los diagnósticos son variables, tanto como que se trabaja con personas, seres subjetivos Dorota. Así que me engañaste, estuviste fingiendo que estabas enferma.
- Cómo rayos se suponía que iba a contactar contigo si no me fingía así.
- Pero, pero te arriesgaste, si te hubiesen mandado a una clínica, te habrían matado, o... no quiero ni imaginarlo, no, dijo sobándose la cabeza.

86

Ella sonrió sexymente de medio lado, y volvió a fumar su cigarro con completa despreocupación, como si estuvieran hablando de la cosa más trivial del mundo. Pero en realidad se había arriesgado más de la cuenta, apoyándose en el perfil psicológico que había hecho de Volker, pero siempre había riesgos, las personas como bien lo dijo Akermann eran impredecibles, y siempre estaba el peligro de que hicieran cosas inesperadas y fuera de los cálculos establecidos.

- Estoy preparada para todo, Otis jamás lo iba a hacer, siempre voy un paso adelante. Le dijo para tranquilizarlo.
- Ya lo veo, pero... por qué estás tan segura, cómo lo sabes, cómo puedes saber qué harán las personas. Le seguía insistiendo preocupado.
- Simplemente conozco a los hombres como él, y sobre todo lo conozco a él, lo he estudiado por mucho tiempo.
- ¿Estudiado? Tú pareces conocer a todo el mundo, pero yo no tengo la menor idea de quién eres.

En esas palabras le entregaba muchas cosas, el tono de su voz era una especie de reproche, se sentía engañado, pero al mismo tiempo era un ruego, quería conocerla porque sus sentimientos le estaban rebasando, y su necesidad era más grande que la lógica y la razón. Su mente casi estaba colapsada, y a cada palabra suya se envolvía más en la confusión.

- Mientras menos sepas menos te arriesgas, créeme Ackermann hay cosas que es mejor no saber nunca en la vida.
- Como que me estoy enamorando de ti Dorota. Le dijo con apasionada voz.
- Ackermann te has enamorado de algo que está en tu mente, tal vez sea porque casualmente me parezco a tu esposa, quizá sea por eso, o porque creías que era una víctima de un hombre, esas ansías protectoras tuyas. Le contestó para sondearlo y terminar de sacarle sus verdaderos sentimientos y el origen de su afecto.

- Así que todo esto ha estado calculado. Le contestó un tanto decepcionado.
- No digas eso, me gustas, y mucho, pero por ahora concentrémonos en esto, no podemos hablar más, el tiempo corre, ve al lugar que te dije y allí se te dirá lo siguiente, sólo necesitas saber por ahora que te necesitamos para ayudar a varias personas, gente que está atrapada aquí, ante un conflicto inminente.

Le imprimió a estas últimas palabras un matiz tenebroso, no solamente porque fuese terrible lo que estaba pasando, sino para estimularlo a involucrarse por si todavía estuviese indeciso. Necesitaba que se involucrara a través de todos los medios posibles, aunque fuese a través de la manipulación, total el objetivo bien lo valía.

- Cuál conflicto.
- Se te dirá a su tiempo las cosas Ackermann, ten paciencia.
- ¿No te volveré a ver? Le dijo con un gesto de miedo en su rostro.
- Es difícil saberlo, pero te daré un recuerdo, entonces se devolvió y lo besó ardientemente.

Le imprimió el beso tanta fuerza que ella misma se sorprendió, verdaderamente que André había podido hacer lo que otros hombres no, llegar directamente a su corazón y arrebatárselo rápidamente, sin rudeza, ni imposiciones, solamente con su ternura, con esa ternura masculina que le llenaba cada poro de su piel y cada rincón del alma. Allí estaba él ante todo ese desastre que los estaba abarcando como un gran monstruo, pero sólo se preocupaba si la volvería a ver, eso la conmovió hasta lo más profundo de su ser.

- Es difícil no pensar en ti con todo esto, necesito volver a verte, puedo decir que necesitas consultas adicionales, que, es por control, seguramente se te ocurrirá alguna cosa creíble. Le dijo desesperado y su cara delataba un gesto de angustia.

- Las que sean necesarias para que Volker no sospeche, pero ya mi objetivo ha sido cubierto. Le dijo fingiendo indiferencia, pero en realidad estaba completamente conmovida, y lo único que deseaba era tomar a ese hombre y besarlo con completa pasión.
- Yo soy el objetivo, siempre lo he sido. Le respondió un tanto decepcionado, como tratando de convencerse que no era tan importante para ella como pensaba.
- Ciertamente.
- Y esa tal Mae, que tiene que ver en todo esto. La increpó.
- Ahora no puedo decírtelo.
- Todas las lesiones, te las hiciste para…
- De qué otra forma podría hacer creíble mi malestar, los golpes, para Otis era yo misma, y para ti sería probablemente él quien me pegara, sólo necesitaba eso, tú sacarías las elucubraciones.
- Es usted, Dorota, un artífice del engaño. Lo dijo como una declaración, pero más que todo estaba tratando de convencerse a sí mismo, que había sido completamente engañado.
- Y yo le recuerdo que usted es un hombre muy inteligente Ackermann, seguro su instinto le decía algo, sólo que estaba obnubilado con la vieja historia de la princesa y el ogro ¿no es así? Le dijo con una sonrisa.

Sabía efectivamente que hasta el hombre más brillante, y Ackermann lo era, perdía el juicio ante un par de buenas piernas, y que precisamente ella era un portento de belleza que lo había enceguecido y llevado por donde había querido, sin que él prácticamente se diera cuenta. En eso era como cualquier otro hombre, cuyos ojos lo traicionaban fácilmente. Pero lo que se negaba a admitir es que ella también había sido llevaba por territorios desconocidos sin darse cuenta, y sin que el mismo Ackermann se lo propusiera, y ahora ambos estaban envueltos en la misma pasión irremediable.

- Ciertamente, señora, y ciertamente que me ha analizado muy bien. Le dijo un poco molesto.

- Tengo muy buen instinto.
- Lo suyo es más que instinto, de eso estoy seguro. Y parecía francamente un reproche.
- Bien por usted, mi querido y buen amante doctor Ackermann.
- Quiero saber quién eres realmente, le volvió a pedir.

Sus ojos le clamaban por la verdad y aunque ella sabía que no debía decirle nada ese hombre le hacía perder el control. Sus ojos eran tan bellos y terriblemente irresistibles, y la sensación cálida de su cuerpo completamente arrebatadora, sentirse deseada y amada por alguien así era algo completamente seductor y erótico. Sentía espasmos dentro de su cuerpo, pero debía controlarse, porque si se dejaba llevar lo único que haría sería hacer el amor con ese hermoso hombre.

- ¿Sabes qué me gustaría saber a mí? Quisiera detenerme acá y pedirte que me describas cómo te gusta hacer el amor, que sensaciones has experimentado… qué te agrada… qué te desagrada… cuáles son tus ritos y costumbres… cuéntame lo que desees y hasta donde lo desees. Le dijo seductora.
- Eres una mujer muy diferente a… a todo lo que pensé de ti.
- Jajajajajaaja, sabes, tu voz me envuelve, es tan dulce, nunca estuve con un hombre como tú, y eso me encanta, eres verdad, y eso es lo que necesitamos hoy en día, verdad, todo lo que ves a tu alrededor son puras mentiras, donde metas la cabeza hay basura, la peor basura que tú puedas imaginar. Y eso era un discurso que le salía del alma.
- Deja las adulaciones, y deja de darme vueltas, quién eres. Le exigió nuevamente.
- Se hizo difícil, muy difícil Ackerman, pero al fin estamos aquí tú y yo, cara a cara, esos estúpidos cortes, mis fingidos desmayos y desvaríos, y otras cosas más que no imaginas, pero al fin estás aquí ante mí, he leído tanto sobre ti, en innumerables ocasiones pensé que eras una mentira, que no eras más que otro de ese equipo de eugenesia, otro más como ese Dr. Heinrich Gross y Reich Bouhler y el Dr. Brandt

en el Programa de Eugenesia, ellos, esos malditos y su "muerte misericordiosa" ¡por todos los cielos!
- ¿Y su madre Frau Petra Holmberg? ¿dónde está? Le increpó.
- Jajajajaja me imagino que muy bien, en algún lugar de Estados Unidos, tomando una buena copa de Oporto, el mejor vino para ella, es una mujer de campo que le puedo decir, no cambiaría eso por el mejor champán del mundo.

Lo dijo con sorna porque su madre no se llamaba de esa manera, ella era una norteamericana oriunda de Albany de nombre Anne Thomas, de quien su padre se había divorciado, ésta la había abandonado y su padre se encargó de criarla de la mejor manera posible enviándola a un internado para chicos ricos y que tuviese así la mejor educación posible. Su madre era una mujer rebelde y cuando su padre Lord Eric Washl se molestaba le decía que había sacado los genes yanquis de su madre, y que por eso era una incorregible.

- No entiendo, todo esto, cielos, me siento muy confundido. Declaró él y se llevó las manos a la cabeza.
- No es necesario entender Ackermann, sino actuar, estamos perdiendo tiempo, yo, tengo que retirarme, sino puedo ponerte en riesgo. Le dijo sintiéndose un poco preocupada.
- En riesgo, de qué. Y la miró molesto, estaba cansado de todas las vueltas que ella le daba al discurso sin llegar a ningún lado.
- De todo Ackermann, de todo lo que te puedas imaginar, y agregarle más aún si te falta creatividad.
- A su esposo le importa mucho ese certificado de salud mental.
- Sí, lo sé, y usted lo emitirá y mientras él está entretenido en sus "planes" yo lo estaré en los míos, le dijo rozándole ligeramente la entrepierna.

Se dio cuenta que Ackermann se estremeció de pies a cabeza, todos los poros de su cuerpo se erizaron y Lucinda lo comprobó sólo con una rápida mirada escrutadora. Eso le generó a ella misma placer, y deseó ser otra para que ambos se pudiesen entregar a esa pasión tan grande que estaban sintiendo. Él no era tan experimentado como ella, pero a cambio tenía muchas otras cosas que dar, cosas que ella jamás había sentido, que llenaban su corazón y cuerpo por entero.

- Yo sólo he sido una ficha en todo eso, es desalentador. Le dijo negando con la cabeza.
- Quieres que te diga algo que te sorprenderá.
- Dime.
- Nunca imaginé que al conocerte me gustarías tanto, ni que fuese precisamente el cerdo de Volker el que me permitiría estar cerca de ti, de alguien tan especial como tú André Ackermann.

Y ella misma se sorprendió de la vehemencia con que lo dijo, sintió que esas palabras le salieron de lo más profundo del alma y al decirlas se arrepintió de haberlo hecho, pues los podía exponer a ambos. Se quedó mirándolo y él penetró con su mirada profundamente en su alma, así estuvieron en silencio por unos minutos.

- Como sé que lo que me dices no es más que otra de tus actuaciones.
- No tengo que probarte nada Ackermann, créelo si quieres, pero esa es mi verdad. Por qué crees que estamos aquí.
- Porque necesitabas de un ambiente neutral para poder informarme de "mi misión" o como quieras llamarle.
- Sí, en parte, pero... lo demás.
- Un incentivo para convencerme supongo. Le dijo tratando de convencerse que ella no lo amaba como decía.
- No necesitaba de eso para hacerlo, tú te mueves por la compasión André, no por la lujuria.
- Así que esa era la función de Mae.
- Jajajajaaj eres muy inteligente Ackermann.
- Di en el clavo, la tal Mae era parte del plan también, es increíble, me siento como un completo estúpido, me puse en peligro...

- Y no te importó con tal de ayudar a una persona necesitada.
- Y esa mujer estaba loca de verdad o también era mentira.
- Esa mujer no estaba loca, la quisieron volver loca que es diferente, es… es una presa política Ackermann, y no te diré más nada. Y se sorprendió de estar revelando información oficial que era de carácter totalmente confidencial.
- Dime quién eres.
- Ackermann, te dije que…
- Por favor.

Y la miró con un gesto de ruego que le produjo una sensación incontrolable en su corazón, Lucinda sintió que por lo menos le debía eso, que supiera su verdadero nombre y supiese a quien amaba, no a la mujer débil y enfermiza, la esposa de un psicópata alemán de pacotilla, sino a la fuerte y valiente mujer que arriesgaba su vida con tal de salvar a sus coterráneos y otros más que eran víctimas inocentes de un sistema monstruoso que quería absorberles a todos. Lo miró directamente a los ojos, lo pensó dos segundos y entonces se acercó. Ella caminó hasta él y en su oído pronunció un nombre para él desconocido:

- Lucinda Washl, ese es mi nombre.
- ¿Estadounidense? Le dijo realmente sorprendido.
- Inglesa.

Entonces vio como Ackermann se le quedó viendo como a una extraña, como si nunca la hubiese visto en toda su vida, ella estaba tan cerca que sintió la calidez de su cuerpo y su suave y tierno aroma natural ligado con un leve olor a agua de lavanda. Lucinda le dio entonces un beso apasionado, no podía prever cuando lo vería nuevamente, así que no podía pasar la ocasión. Él le correspondió, entonces sin quererlo se separó y arregló su ropa. Avanzó hasta la puerta sintiendo un gran pesar interno.

Se volteó y lo miró sintiendo una gran melancolía, esperaba que algún día pudiesen encontrarse sin todo eso a su alrededor, aunque francamente sabía que era poco probable. Salió y se tuvo que agarrar de la pared, porque un gran dolor en su pecho la hizo casi caer al piso, no sabía cómo haría de ahora en adelante, necesitaba al doctor Ackermann como fuese, quería que él formara parte de su vida, sentía que sin él no podía estar.

Se quedó un rato parada sintiendo ganas de devolverse, abrazarlo y besarlo, decirle que ella también lo amaba, y que le diera una oportunidad, que la esperara, hasta que terminara con su misión y pudiese estar libre para él, para amarse libremente como una pareja normal. Pero entendía que no le podía hacer ese ofrecimiento, porque tal vez nunca sería una persona normal, y quizá no sobreviviría a todas las intrigas que se tejían a su alrededor, al malvado gobierno nazi, a la contrainteligencia alemana, a la SS y a su propio esposo el temible Volker Furtwangler.

Caminó lentamente hacia su habitación, y las piernas le temblaban, cuando llegó al cuarto se desplomó en la cama y lloró amargamente, era la primera vez que lo hacía desde que tenía 15 años y había terminado con su novio del colegio. Lucinda Washl buscaba un lugar para ser ella misma, un sitial donde se perdiera Dorota Furtwangler, y volviera a ser la misma chica alegre que jugaba con su abuela en los extensos campos esmeralda de Chipping Campden, tomando dientes de león y soplándolos deseando que un día se encontraría con el amor de su vida.

Capítulo VI. Amor incondicional

Lucinda supo que Ackermann había asistido a la reunión por manos de un informante que estaba infiltrado como oficial de la SS. Se enteró que el propio Johan Koch le había contado a André los detalles de su misión. Este había aceptado, pero no sintió la satisfacción que pensó sentiría al lograr el objetivo de su misión, más bien comprobó con tristeza que estaba poniendo en franco peligro al hombre que amaba, y que si lo descubrían podría ser muerto instantáneamente por un oficial de la SS.

Ahora él sabía la verdad, que no era Dorota Furtwangler, que esa mujer no existía, sino Lucinda Washl, una hermosa inglesa, pero nada más. Por eso se alegró cuando su esposo le dijo que debía seguir con sus consultas con Ackermann como medida preventiva para supervisar que su mejoría siguiese evolucionando. Ella no se confiaba, habían ojos y oídos por todas partes, así que aunque estaba contenta se mostraba taciturna e indiferente ante las palabras de él. Porque tal vez él sólo la estaba probando para verificar si había algo más en juego.

Ese jueves estaba descontrolada, pero por fuera parecía como si todo le diera igual, llegaron al sitio y cuando lo vio su rostro era diferente, la expresión de ternura ya no estaba, no sabía que pasaba pero no parecía tan ilusionado como antes, algo había sucedido, algo que ella no sabía, pero esperaba que no fuese lo peor. Cuando entraron sus piernas temblaban del miedo y la emoción.

- Siéntese Frau Dorota, y cerró la puerta.

Ella se sentó y se quedó mirándolo, André se le quedó mirando con los brazos cruzados y cara de preocupación.

- Qué sucede.
- No pude salvarla.
- Cielos, dijo ella llevándose las manos a la cabeza.
- Hice todo lo que pude, pero me fue imposible.

- Dios, hasta cuando esto seguirá pasando, dijo agarrándose la cabeza con ambas manos, esa persona era muy importante.
- Estoy tal vez hablando más de lo debido.
- No te preocupes tengo un soldado infiltrado, aquí no hay nada que nos pueda perjudicar podemos hablar con tranquilidad.
- No sé ni cómo decirte.
- Aquí soy Lucinda, dime Lucinda, ese es mi nombre.
- Lucinda, quién eres, Lucinda Washl.
- André, dijo, y se le acercó, entonces le dio un tierno beso en los labios, he deseado tanto esto, poder besarte otra vez, oh André.
- Esto no está bien, eres mi paciente.
- Por Dios, André, no soy tu maldita paciente, no soy esa mujer, soy esta que ves, alguien completamente sana, una persona en total cabalidad, no necesito un psiquiatra.
- Cierto, la situación me confunde increíblemente.
- Lamento tanto haberte metido en todo esto, no sabes cómo lo siento, desearía que no fueses tú, sino otra persona, porque te estoy exponiendo, si te atrapan, no Dios, dijo no sé qué haría si eso te pasara.
- Vamos, tranquila, dijo acercándosele y tomándola de las manos, yo puedo decir lo mismo, no sé qué sería de mí si te pasara algo.
- No André, no es justo, eres un buen hombre, no mereces estar metido en todo esto, dijo y se le salieron las lágrimas.
- Vamos, amor, no te pongas así.

Ella se le quedó mirando, era la primera vez que él le decía de esa manera, y se oía hermoso en sus labios. Sólo que su situación era la peor que se pudiese imaginar para comenzar una historia de amor, y ahora las cosas se pondrían más difíciles. Ella sabía de una fuente precisa que Hitler estaba a punto de invadir Polonia, y conocía muy bien cómo se desencadenaban las cosas, esto podría volverse rápidamente un grave conflicto internacional y ellos quedarían atrapados en medio de toda esa vorágine.

- Qué pasa, sabes algo, verdad, dímelo.
- No debo darte más información de la que debes saber André, entiéndeme es parte de mi trabajo.
- Por favor, necesito saber qué está pasando, es lo justo, además ya estoy metido en medio de todo esto, por favor.
- Yo… bueno, Hitler va a invadir Polonia.
- ¿Qué?
- Así como lo oyes, eso sólo significa algo.
- Quiere apoderarse de otros países.
- Y seguramente hará lo mismo con Francia, sabemos que es un objetivo sensible, Hitler quiere venganza por el Tratado de Versalles, se está preparando la campaña armamentista más grade que hayas visto en toda tu vida, esto va de mal en peor.
- Vete Dorota, perdón, Lucinda, vete de aquí, no quiero que te pase nada malo.
- No puedo hacer eso, debo estar cerca de Volker y saber qué va a hacer, cuáles son los dictámenes del Fuhrer.
- Pero a costa de tu propia vida.
- A costa de lo que sea, el beneficio de la patria está por encima de lo individual André.
- No puedo entender eso.
- No lo entiendes porque no eres militar.
- ¿Y tú sí? Dijo sorprendido.
- Sí, lo soy.
- Por todos los cielos Lucinda, qué cosas no sé de ti, hasta cuando me enteraré de cosas acerca de ti, sabes lo terrible que es amar a alguien a quien no conoces en lo más mínimo.
- Lo sé André.
- No, no lo sabes, porque tú me conoces muy bien, no es cierto, eres una espía, una espía inglesa, para quién trabajas Lucinda y cuál es tu misión.
- No puedo decírtelo.
- Por qué.
- Es una información clasificada, no puedo decirte nada, me pongo en riesgo y te pongo en riesgo a ti.

- Ja, ya estamos en riesgo, estamos en medio de todo el peor maldito riesgo que me haya imaginado en toda mi maldita vida.
- Calla, no hables tan alto.
- Estoy cansado de todo esto.
- Todos lo estamos cariño, y entonces lo besó con pasión al mismo tiempo que comenzó con ternura a quitarle la camisa.

Capítulo VII. El águila ha caído

El general tenía miedo de que los bombardeos hicieran estragos con los civiles incluyendo a su esposa, aunque no la amaba propiamente como la querría un hombre convencional, se sentía obligado por un instinto protector de macho alfa de asegurarse que esta estuviese completamente segura. Entonces resolvió mandarla al campo, y le pareció que la hacienda Schwarzwald, la cual había recomendado dos años atrás el doctor Ackermann, sería lo más conveniente. Además, era evidente que a su mujer le sentaba muy bien estar en el campo.

La mayoría de los oficiales estaban evacuando a sus familias hacia las zonas rurales como medida preventiva contra los ataques de los ingleses, poco sospechaba el general que tenía a su lado a una representante de su peor enemigo, los ingleses. Le mandó prepararse con su asistente personal la señorita Hanna Penz, quien estaba más que feliz de salir de ese lugar hacia zonas más seguras.

- Frau qué más colocó en su valija.
- Pon lo que quieras, le dijo, sólo asegúrate que estemos bien abrigadas, el invierno se acerca, así que tenemos que estar protegidas, no sabemos que vaya a pasar.
- Ay Frau no diga eso, me asusta mucho.
- Debemos ser realistas niña.
- Pero Frau, no cree usted que el Fuhrer vaya a ser vencido, el Fuhrer es el hombre más poderoso del mundo.

- Nadie es invencible Hanna, el Fuhrer puede ser un hombre muy sagaz, pero es solamente un hombre, y alguien que está en guerra siempre tiene el riesgo de morir o meterse en graves problemas.
- Oh Frau.
- Tranquila, le dijo dándole una palmadita en la espalda, no te asustes, allá estaremos a salvo, no te va pasar nada, tranquila.

Este viaje representaba para ella un placer agridulce, pese a que ese sitio era un lugar increíblemente agradable, la alejaba de su principal objetivo, porque Volker seguramente se mantendría en Berlín con los asuntos que ocupaban ahora su mente, había sido ascendido por el Fuhrer a Oberstgruppenführer por todos sus logros en la guerra, y por mostrar una completa fidelidad a Hitler y al Tercer Reich. Era el mejor momento para obtener información, y de paso estaría lejos de André, eso era lo peor.

De repente alguien tocó la puerta, era Volker, estaba un poco agitado, y se veía algo desencajado, molesto. Miró a ambas mujeres con apremio.

- Bien, ¿ya estás lista?
- Sí.
- Vámonos, ya es hora, y le hizo señas a su edecán para que cargara las valijas de su esposa y de la chica.
- Qué pasa Volker, por qué estás así.
- No pasa nada, sólo camina hacia el auto.
- Pero…
- Pero nada, sin preguntas.
- Vamos camina, por todos los cielos.
- Espera, ya va, ya voy Volker, estás muy agitado.
- Calla mujer y camina rápido.

Ella se dio cuenta que algo estaba pasando, su informante estaba en lo cierto, Hitler estaba perdiendo en África y Rusia, lo cual era un terrible revés para las Potencias del Eje. Sintió un poco de paz en su corazón, pero al mismo tiempo estaba muy preocupada por el futuro de Ackermann, las cosas estaban empeorando, ahora el programa de eugenesia había cambiado y según le habían dicho estaban comenzando a trasladar personas a campos de exterminio, en cuanto a los judíos le dieron el nombre de "La Solución Final", se le paraban los pelos en punta de solo oír eso, esos malditos alemanes, deseaba con todas sus fuerzas que por fin los aliados llegaran a Alemania, pero que André no estuviese en peligro.

El camino se le hizo interminable, cuando al fin llegaron no se sintió tan animada como lo había creído, pese a los buenos recuerdos que tenía en su mente, pero no dejaba de pensar en lo que pasaría con André. Cada segundo venían a su mente imágenes terribles de todas las cosas malas que podrían hacerle, era una sensación angustiante.

- Te veo muy mal, le dijo Volker.
- Estoy bien, es sólo que esta guerra me pone nerviosa.
- El Fuhrer es invencible.
- Volker, puede que el sí, pero nosotros no.
- Los alemanes somos una raza superior, somos…
- Oh Volker, por todos los cielos.
- No me cuestiones.
- No lo hago, pero veo tu cara y me parece que las cosas no van muy bien.
- Esas no son cosas que deban preocuparte, tu eres mi esposa no un maldito militar.
- Volker, eres mi esposo, fingió preocuparse por él, y me da miedo que te pase algo malo.
- Dorota no me pasará nada malo, estoy entrenado para lidiar con esas cosas, debes tranquilízarte.
- Y tú vas a volver a Berlín.
- Por supuesto, tengo responsabilidades con el Fuhrer, él mismo me seleccionó personalmente para ese trabajo.
- Ya lo sé Volker.
- ¿Te imaginas? Podría llegar a ser como mi general Himmler, un Reichsführer-SS como él, cuando arrasemos toda esa…
- Qué.
- Olvídalo, podría llegar a ser ascendido.
- Pero Volker, estamos en plena guerra.

- Mejor, así podré tener más méritos, y ella vio que sus ojos brillaban al decirlo.

Se dio cuenta que él estaba fuera de sí, viviendo en un mundo de fantasía y de ambiciones de poder, el Fuhrer le había lavado el cerebro a todos junto con su Ministro Joseph Goebbels, el cual era un maestro en el arte de la manipulación y el engaño. Lo vio, y si no fuese porque él era un monstruo asesino habría sentido lástima l.

- Volker, espero que las cosas sean como dices, mintió.
- Tú estás muy nerviosa, creo que lo mejor es traer al doctor Ackemann, le dijo e incluso extrañamente le acaricio la cabeza.
- No, dijo contrariada, estoy bien.

No le convenía en lo más mínimo que Ackermann viniera, aunque lo deseaba con todo su corazón estaba contra la misión separarlo de su lugar de trabajo. Pero al mismo tiempo deseaba con todo su corazón que él viniese primero por su seguridad y segundo porque necesitaba urgentemente verlo, estaba más enamorada de él que nunca, y tenerlo cerca se le nublaba completamente el juicio.

- Lo voy a traer, no te veo bien Dorota, ahora necesito que estés lúcida.
- Pero Volker.
- Ni hablar, sabes que detesto que discutas mis órdenes.
- Volker, no puedes obligar al doctor cuando debe estar ocupado trabajando.
- El doctor Ackermann trabaja para mí, y hace lo que yo le diga, al igual que todos aquellos que están bajo mi mando, no admito discusiones, Dorota traeré al estúpido Ackermann y se acabó.
- Como digas dijo, sabiendo que era inútil discutir con Volker Furtwangler.

El sabor de verlo era agridulce, las cosas podían complicarse para la misión y eso podía meterla en graves problemas. Además, estaba pasando algo también que la tenía nerviosa, estaba embarazada, y era de Ackermann, pensaba qué curso debían tomar las cosas, así que aún no le había dicho nada a Volker. Las reiteradas consultas se habían convertido en un lugar para sus encuentros eróticos. Resultaba descabellado que con su esposo fuera de la oficina ella se atreviera a hacer el amor con André, pero era una necesidad aplastante, tanto como la sed, y esa pasión era más fuerte que la razón, la lógica y todo, incluyendo la misión misma.

Cuando lo vio llegar su corazón se aceleró, no sabía si decirle todavía, pero le alegraba que dentro de ella tuviese un hijo del maravilloso y buen hombre, y no de un monstruo como Volker. Se tocó instintivamente el vientre, y luego rápidamente quitó la mano, incluso vio con disimulo a su alrededor para comprobar que nadie la hubiese visto, se sentía casi neurótica pensando que todo el mundo la estaba espiando.

- Lucinda, ahora qué vamos a hacer.
- No lo sé, la verdad las cosas se están complicando más de lo que pensaba, pero la buena noticia es que Hitler está siendo derrotado en varios frentes, incluyendo Rusia y África.
- Dios mío, cuando ese hombre va a ser derrotado aquí, todos los días veo cosas atroces, ahora están trasladando a personas a no sé dónde, pero no son hospitales, sé que no es a hospitales porque fuí a Branderburgo y también los estaban sacando de allí.
- Los van a llevar a Campos de Concentración al igual que…
- Al igual que, qué…
- Los judíos André, están siendo exterminados, es un hecho los espías franceses y Bulgaros lo han verificado, uno de sus espías fue llevado a un campo de concentración al Norte, dicen que es algo terrible, la cosa más inhumana que puedas imaginar, dicen que se te paran los pelos de punta al llegar a esas puertas, imagínate lo que sucede dentro.
- Dios mío, dijo con cara de terror y agarrándose la cabeza con ambas manos, me avergüenzo de ser alemán, Dios mío, en qué momento nos volvimos unos animales, en qué momento la gente dejó de importarle a los demás, cómo podemos comer y vivir todos los días así.

- Las personas no lo saben.
- Pero sí saben a todo lo que han sometido a esas pobres personas.
- Lo sé, es horrible, pero para eso tenían a la propaganda y el odio hacia los judíos, en fin, la historia de nunca acabar, la intolerancia, el miedo al otro, lo mismo de siempre, estos políticos se aprovechan de eso, y mira lo que hacen, sembrar división, odio, castas, cielos, es terrible.

En ese momento pensó decirle que estaba embarazada, pero lo reconsideró porque eso nublaría su juicio, tanto el de André como el suyo, y se pondrían en verdadero peligro. Era mejor esperar como se daban las cosas y así tomar una decisión con la mente fría, de forma inteligente y considerando las variables implicadas, como le habían enseñado en uno de sus tantos entrenamientos.

- En qué piensas.
- En que debemos aprovechar el tiempo en lugar de seguir hablando de la guerra.

Entonces se abrió la blusa para que él viera sus pechos, y se abalanzó sobre él. André colocó su cabeza ente ellos y sintió una sensación cálida y deliciosa.

- Hazme el amor, le dijo con fruición.

Él la tomó y colocó sobre el escritorio, le bajó las medias y los pantis y se bajó el pantalón, y entonces comenzaron a hacerlo, como muchas otras veces. Sólo que esta era distinta, ella sabía que tendría un bebé, y la sensación era completamente diferente. Además, por alguna razón sentía una melancolía, era un aura extraña y negativa. Al terminar se puso a llorar, él se extrañó porque no era la mujer sagaz y sexy a la que estaba acostumbrado.

- Qué te pasa Lucinda.
- No lo sé, me siento extraña, tengo como un presentimiento, como algo malo dentro de mí.
- No es necesario sentir presentimientos Lucinda para saber que algo muy malo va a suceder, estamos rodeados de cosas muy malas todos los días.

- Lo sé, pero esto es distinto.
- Qué ocurre.
- No sé.
- Lucinda, sabes algo que yo no ¿cierto?
- No puedo decirte, es información clasificada por ahora.
- Oh, por todos los cielos Lucinda.
- Calla ¿oye eso?
- ¿Qué es?
- Autos, y son varios, suenan como varios autos. Vístete rápido André, creo que es Volker, vamos, rápido.
- Lucinda qué pasa.
- Vístete, ya. Le dijo mientras ella se arreglaba la ropa y el cabello.

Se colocaron como si estuvieran en una sesión, cuando tocaron la puerta enérgicamente, André se asustó y la miró con cara de terror, nuevamente volvieron a golpear.

- Doctor Ackermann abre, era la voz de Volker y parecía muy molesto.
- Espere general ya voy, dijo André tratando que su voz pareciera de lo más normal.

Entonces se dirigió hacia la puerta y la abrió, se encontró con Volker y cinco soldados más, todos altos fuertes y mal encarados, todos con uniformes de la SS.

- Volker, dijo Lucinda, qué haces aquí, pensé que estabas en Berlín.
- Ya no, la sesión ha terminado doctor, tiene que acompañarme.
- A dónde general.
- Usted sígame y sin preguntas.

Lucinda lo miró por un segundo, sus ojos le dijo todo, le habían descubierto, y ahora lo llevarían a algún lugar para asesinarlo. Ella pensó en dos segundos lo que haría son él, y se dio cuenta que sin André su vida ya no tenía ningún sentido. Miró a Volker fingiendo no saber de qué se trataba todo.

- Bien doctor, entonces nos veremos el próximo jueves,

Parecía tan tranquila, pensó André, nadie notaria lo asustada que estaba, mientras tanto daba tiempo a su mente para pensar en lo mucho que deseaba seguir viviendo, con ella, el amor de su vida. Si moría, que era lo más seguro, se sentía complacido de hacerlo por haber ayudado a tantas personas, y además por haber conocido a Lucinda, la cual lo había sacado de una existencia miserable y vacía en la cual se hallaba luego de la muerte de Helga.

- Así será, si así lo dispone el general Furtwangler.
- Veremos, dijo con una sonrisa tenebrosa.

Entonces Ackermann se dejó escoltar por Volker, él estaba seguro que lo llevarían hacia los autos, pero en cambio el oficial le tomó por el brazo y lo llevó hacia el bosque. Entonces supo que su suerte estaba echada, le darían un tiro en la cabeza y luego lo enterrarían allí, dirían cualquier cosa, que se había confesado un espía ruso, que ponía en riesgo el orden del Reich, que había intentado matar a Dorota Furtwangler, cualquier mentira que justificara su desaparición. Además, nadie se atrevería a decir nada por temor a correr su misma suerte.

Cerró los ojos, respiró hondo, hizo una plegaria en silencio, y se dejó conducir por el sanguinario militar, se adentraron un buen trecho, entonces pararon. Esto es todo, se dijo, es el momento, dio gracias por haber salvado a tantas personas y encomendó su alma a Dios, como buen católico que era.

- Bien Ackermann, me has estado viendo la cara de idiota durante bastante tiempo, eh.
- De qué habla general, no entiendo.
- No entiendes, no entiendes, tal vez así puedas entenderlo, entonces le propinó un golpe que lo tiró al piso y le dejó los oído zumbando.
- Tus diagnósticos no han sido muy acertados, creo que has perdido el norte, sobre todo cuando se trata de mis prisioneros de guerra, dime para quien trabajas, para los

estadounidenses, la inteligencia francesa, el MI6, vamos, le dijo colocándole la bota sobre la cara.

- No sé de qué me habla general, yo sólo soy un psiquiatra, alguien que cura a las personas enfermas, no sé de qué me habla.
- Maldito estúpido, le dijo al mismo tiempo que le propinaba una patada, rompiéndole la boca.
- No va a hablar Oberstgruppenführer.
- ¿Atraparon a Johan Koch?
- Sí señor.
- Ese maldito traidor, entonces él sí hablará, maten a este idiota, no es valioso para nosotros, es solo un estúpido, véanlo y se rio, casi se orina en los pantalones.
- Jajajajaajaja, rieron a coro los soldados.

Rayos, pensó Ackermann, este es el fin, así se siente morir, y por su cuerpo sintió una gran paz, después de todo era afortunado, un tiro en la cabeza era una buena manera de morir considerando las circunstancias. Eso era mejor que ser torturado en un campo de concentración, o ser gaseado como los miles de judíos de los cuales le había contado Lucinda.

Entonces se escuchó una detonación en medio del bosque que rompió el silencio, todos miraron alrededor pero no vieron nada. Otra detonación se oyó en dirección opuesta, todos los soldados se pusieron en alerta sacando sus armas y colocándose en posición de ataque. Ackermann sabía quién era, se la podía imaginar, en su mente la veía claramente, la mujer intrépida que trataba de salvarle exponiendo su vida ante seis militares expertos de la SS. Su valentía era inconcebible, se veía como un ángel entre la nieve, experta en tácticas de asalto, con sus armas acuestas; entonces sonrió, era el hombre más afortunado del mundo, él un simple médico, un hombre común y corriente, un mero intelectual, era el hombre más afortunado por tener a esa hermosa y guerrera mujer a su lado.

De pronto, uno de los hombres cayó desplomado, un tiro certero en la cabeza, y todos se pusieron a cubierto, era evidente que estaba siendo atacado, pero no sabían por dónde, quien, ni cómo.

- Debe ser ingleses, pero qué hacen aquí y cómo rayos llegaron, dijo.
- No seas idiota Haider, qué harían los ingleses aquí, para qué.
- No lo sé, señor, pero nos atacan, y en un segundo Haider también cayó muerto en el piso.
- Rayos, maldita sea qué es esto, gritó Volker.
- Señor, qué hacemos.
- Escondan la maldita cabeza, y toma el prisionero, es nuestra única opción.

Entonces vieron una figura que pasó velozmente por el lado derecho.

- Ahí va, miren allá hay algo.
- Disparen imbéciles, disparen.

El otro soldado cayó desplomado, uno a uno hasta que solo quedó Volker, el cual mantuvo la calma, frío como el hielo. Se arrastró y tomó a Ackermann que permanecía en el piso con el dolor y todavía con los oídos zumbando del fuerte golpe.

- Ven acá desgraciado y lo encañonó. Bien, dijo en voz alta para que pudieran oírle, ahora hablaremos, quienes estén allí, tengo un prisionero, gritó, si no quieren que lo mate, dejen de disparar.

No se oyó nada sino un terrorífico silencio, y luego de unos minutos una mujer que emergía del bosque, la figura emergió de la oscuridad efectivamente era Lucinda, como la había imaginado André, se veía impactante, bella y fuerte entre la nieve, llevaba la escopeta en la espalda, y otras dos pistolas más

Cuando Volker la vio, hizo un gesto de extrañeza, en cambio Ackermann no dejaba de sonreír, esa era la mujer de su vida, impactante, sexy y fuerte, no lo sorprendía, sabía de lo que ella era capaz, y esto era sólo una muestra de su intrepidez.

- Maldita sea Dorota, gritó Volker, que rayos haces aquí, nos están atacando, cúbrete mujer.

Ella avanzó segura ante la descuidada mirada de Volker, quien nunca imaginó que era verdaderamente la hermosa rubia que creía era su esposa. Entonces una detonación, seca y certera se escuchó, Volker se desplomó y trató de disparar pero su cuerpo no respondía, se dio cuenta con terror que estaba paralizado del cuello para abajo. Lucinda se mantuvo en posición de ataque aunque el enemigo yacía en el piso. Llevaba un abrigo oscuro y su gesto era fiero y decidido.

- Maldita sea Dorota, qué rayos, qué...
- Cuando te disparan en esa zona del cuello quedas paralizado de allí hacia abajo, le dijo con gesto severo.
- ¿Qué?
- Pero eso lo debería saber un buen hombre de guerra como tú ¿no es cierto?
- De qué me hablas ¿qué? No entiendo nada desgraciada qué es esto.
- Volker Otis Furtwangler Weigel Oberstgruppenführer de la SS ha sido juzgado por crímenes de Guerra y ha sido encontrado culpable. Se le condena a morir, qué tiene que decir a su favor.
- Dorota, estas más loca de lo que pensé maldita sea, gritaba incrédulo todavía.
- Qué tiene que decir a su favor señor.
- Dorota qué, qué es esto, eres...eres...
- Capitán Lucinda Washl, agente del MI6, ahora se le condena a morir por crímenes de guerra, le dijo sin dejar de apuntarlo con el arma.
- Rayos alcanzó a decir Volker, maldita perra, eres una maldita perra. Le estuviste engañando todo el tiempo, rayos.
- Dónde están los prisioneros de la sección Aktion 4.
- Muere maldita perra.

- Dónde están los prisioneros, repito.
- Muérete.
- André, revisa sus bolsillos y toma el arma.

André hizo lo que ella le decía, pero no encontró nada de lo que ella buscaba, algún documento cifrado, un dispositivo con información.

- No soy tan estúpido para llevar eso a cuestas.
- Lo averiguaré como sea, tarde o temprano, contigo o sin ti Furtwangler.
- Pero entonces todos estarán muertos perra, jajajajajaja, Hi Hitler, dijo pero no pudo levantar la mano para hacer el saludo.
- Ahora muere maldito bastardo, le dijo apuntándolo, y entonces disparó el arma.

Él se quedó sorprendido, ella también era una máquina asesina, lo había matado así sin más, en su rostro no se veía ninguna expresión, fría como un tempano de hielo, lo miró y entonces volvió a recuperar su humanidad. Lo revisó para ver en qué estado se encontraba.

- André, debes escapar, ahora, van a venir más de ellos, cuando vean que Volker no regresa, debes irte, ve hacia el norte, siempre en ese sentido hacia la frontera, ¿entendiste? Llegarás aquí, tu contacto es Lord Wellington, él te ayudará a salir, su nombre clave es Ernst Von Waas, le dirás esto: "el águila fue interceptada, los prisioneros están desaparecidos".
- Pero Lucinda, irás conmigo, ¿cierto?
- No puedo, te pondría en peligro.
- De qué rayos me hablas, no me iré sin ti, no te voy a dejar aquí a merced de esa gente, te harían cosas inimaginables.
- Mi misión no ha terminado, la tuya sí, ya te descubrieron, debes ponerte a cubierto, yo no, he fallado, ahora debo conseguir a los prisioneros y averiguar de qué trata el Proyecto L, entiendes.
- ¿Proyecto L?

- Lebensborg.
- Qué tiene que ver eso con todo esto, es un programa para cuidar niños ¿no?
- No, es reproducción "asistida" o al menos eso quieren hacer creer a los demás, pero en realidad es un programa de experimentación, los malditos experimentan con personas.
- Judíos, en los campos, pero...
- No son Judíos André, son alemanes.
- ¿Qué? No entiendo.
- Están buscando la fuente de la eterna juventud, como el Emperador chino, quieren lograr la inmortalidad.
- Por todos los santos, esa gente está loca.
- No lo están, por lo contrario lo están logrando.
- ¿Qué?
- Lograron revertir años de vejez en un anciano, tenemos pruebas, ahora quieren hacerlo con un niño, quieren hacer alemanes inmortales, que nunca envejezcan.
- Dios, hasta donde llegarán esa gente.
- No lo sabemos, pero tenemos que detenerlos antes de que lo consigan, y es mi trabajo averiguarlo.
- Pero, entiendo todo eso, pero no te dejaré sola.
- Si te quedas nos arriesgas a los dos, si te vas llevarás esta información y salvarás a miles de personas, dijo sacándose un micro dispositivo del bolsillo, toma, le entregarás esto a Lord Wellington, él sabe perfectamente qué hacer.
- Lucinda ¿te volveré a ver?
- No lo sé, pero eso espero, espero que nos veamos, Ackermann yo...
- Si salimos de todo esto, dónde nos veríamos.
- Sé de un lugar perfecto.
- A dónde, sólo dime.
- Nos veremos en Chipping Campden, allí en la hacienda de mi abuela, en Green Cow.
- Que nombre tan extraño, le dijo sonriéndole.
- Sí, es un nombre verdaderamente raro, pero así era ella.
- Y así eres tú también.

- Toma, le dijo dándole el abrigo, lo vas a necesitar, también esto, agregó pasándole una caja con unas serie de instrumentos, con esto lograras sobrevivir, si sientes que no puedes refugiarte en un sitio entonces inyéctate esto.
- Qué es.
- Parte de un experimento Nazi, te ayuda a regular la temperatura, con esto no morirás congelado.
- Rayos.
- Anoté todo, no tenemos mucho tiempo, todo está explicado dentro de la caja, tienes que sobrevivir, miles de vidas dependen de eso.
- Amor, dame un beso, por favor.

Ella lo besó con pasión, y por un segundo pensó en decirle lo del bebé, pero si lo hacía él nunca querría irse y entonces miles de vidas correrían peligro por su culpa nuevamente. Ya había fallado demasiadas veces por exponerse a sus sentimientos, ahora no lo haría, debía dejar de ser egoísta y pensar como una profesional que era. Así que se calló, lo abrazó, miró sus intensos y hermosos ojos azules, e imaginó que su bebé se parecería a él, sería una niña o un niño hermoso como su padre, alguien que creyera en la libertad y la igualdad, y no un cerdo fascista como los nazis.

- Ahora enterremos a estos perros, eso nos dará tiempo.

Capítulo VIII. El gorrión enjaulado

Cuando llegaron los oficiales ella estaba en su cuarto en el papel de la esposa preocupada por el paradero de su querido Volker.

- Venimos a buscar al Oberstgruppenführer, le dijo el oficial de la SS a Frau Héller.
- Él estuvo aquí, pero se marchó a pie, y hace bastante tiempo.
- Tenía que regresar en dos horas, lo mandan a buscar urgentemente.
- Oh, por todos los cielos, dijo la mujer, déjeme preguntarle a Frau Furtwangler.
- Llámela, necesitamos hablar con ella urgentemente.

Ella salió con su mejor cara de preocupación, y al verlos incluso pareció animarse, era una actriz consumada, sus emociones jamás la traicionarían, ni en la peor de las circunstancias.

- Frau Furtwangler.
- Klint, menos mal vino.
- Qué pasó, el auto del Oberstgruppenführer está afuera, pero no hay rastros de él, ni de los soldados.
- No lo sé, él salió con los soldados de aquí, pero no han llegado, supuse que estarían cazando.
- Eso es imposible Frau, dijo disimulando la molestia que le causaba el disparate que acababa de escuchar.
- Pero Klint, qué otra explicación puede tener todo esto.
- Iba con alguien más, preguntó serio.
- Sí, dijo Frau Héller.

Lucinda deseó matarla al oírla expresar eso que ella tanto quería callar hasta donde fuese posible, pero no demostró su contrariedad.

- Con quién.
- El doctor Ackermann, André Ackermann, señor.

- Y quién más.
- Más nadie.
- Bien y por dónde se fueron.
- No lo vi señor, dijo con sinceridad la mujer.
- Y usted señora.
- Yo tampoco lo vi Klint, me quedé dentro cuando ellos salieron.
- Bien, dijo él impaciente ante la imposibilidad de obtener una información congruente con esas mujeres timoratas, usted y usted se quedan aquí, los demás se vienen conmigo.

Buscaron durante horas, ya casi era de noche cuando al fin encontraron los cadáveres de los soldados y del propio Furtwangler, todos cada uno con un disparo certero en la cabeza, menos Volker, el cual tenía dos. Era evidente que se trataba de un experto, todos los cadáveres estaban menos el de Ackermann, no había rastro de sangre, ni ninguna otra evidencia, pero era lógico que se necesitaba más de una persona para enterrar todos esos cadáveres. Además, Volker tenía un tiro que sólo podido hacerse de cerca, por qué un hombre como él, que era un experto dejaría que alguien se le acercara tanto, al menos que lo conociera y fuese de su completa confianza.

Entonces se le ocurrió algo, Dorota, era tan impasible e inocente que nadie sospecharía nada de ella, se la pasaba largas horas siempre conversando con Ackermann, y se había encontrado que este era un espía encubierto de la inteligencia inglesa, por lo menos fueron dos personas las que hicieron todo eso, sin cadáver de Ackermann y con Dorota completamente sana, una herida noble en el general, una única persona que éste dejaría se le acercase tanto, alguien de quien no podría sospechar como para estar tan desprevenido, y un experto que sabía dar un tiro en el cuello para paralizar las funciones de movilidad.

- No hay armas señor.
- No, claro que no, dijo mirando a su alrededor.
- Bien, traigan los cadáveres, vamos de regreso.
- El pobre Oberstgruppenführer.

- No confíes nunca en las mujeres Becher, no lo hagas nunca, y menos de una hermosa rubia.
- Qué quiere decir Her.
- Sólo vamos Becher, tenemos una larga noche por delante.

Luego de varias horas la anciana yacía muerta en el piso, al igual que la joven Hanna, la cocinera y el ayudante del establo. Pero Lucinda permanecía impasible luego de ser torturada, para eso había sido entrenada, podía aguantar un interrogatorio sin quebrarse, soportar dolor, vejaciones, todo lo que se hubiera inventado en materia de torturas.

- Bien, esta mujer no dirá nada.
- ¿Qué hacemos? ¿La matamos?
- No, tengo una mejor idea.

Entonces la golpeó en la cabeza y no supo más de sí, cuando despertó no sabía dónde estaba, parecía un cuarto, era deslumbrantemente blanco, casi la enceguecía. En ese momento entró un hombre, inmaculadamente vestido y al ver que había despertado esbozó una sonrisa.

- Frau Furtwangler, un placer que esté ya con nosotros.
- A qué se refiere.
- Bienvenida a su nuevo hogar.
- Dónde rayos estoy.

El hombre no le respondió, pero enseguida salió y entró con otro que ella reconoció con terror en un instante, era el mismo déspota, lo había estudiado por mucho tiempo, y ahora lo tenía frente a frente, disimuló su turbación. El hombre se le quedó mirando y sonrió con gran entusiasmo.

- Es perfecta, un verdadero portento, muy hermosa.
- El bebé es hembra, dijo el otro.
- ¡Perfecto! Dijo relamiéndose con morboso entusiasmo.

Entonces ella se miró el vientre con asombro porque había crecido, se dio cuenta que estuvo meses en ese estado comatoso, no sabía que había pasado, si era natural por el golpe o tal vez inducido, pero lo cierto es que su vientre estaba grande, entonces sintió un sudor helado en la frente. El hombre se le quedó mirando, éste le habló.

- Tranquila cariño, no te asustes, mi gorrión, de ahora en adelante yo seré tu mejor amigo, y te cuidaré como no tienes idea.
- Quien es usted y qué hago aquí.
- No te preocupes por eso, ahora debes calmarte, eso no le hace bien a la bebé, su voz parecía amable, pero Lucinda sabía que ese tono neutral no era natural e incluso le provocó escalofríos.
- Bien, te colocaré esto y te sentirás más tranquila.
- No, no quiero nada, por favor.
- Vamos pequeña, tranquila.

Antes de perder el conocimiento su cerebro en un segundo unió los puntos vacíos, ese hombre, un experto genetista estaba interesado en ella y su hija. Se dio cuenta que había terminado en la misma boca del lobo, estaba dentro del Proyecto L, se habría alegrado porque ese era el objetivo final de la misión de no ser porque su propio bebé sería la víctima de tan horrendo destino.

Sintió que desfallecida antes de ver el nombre que ostentaba en la identificación el médico "Josef Menguele" el que más tarde denominarían como "El Ángel de la Muerte", estaba en sus manos, y entonces se desmayó.

Continuará...

Esta historia continúa con el libro 3 de esta misma saga.

Si te ha gustado este libro, por favor déjame una reseña en Amazon ya que eso me ayudará a que lo lean otras personas.

Otros libros de mi autoría:

Azul. Un Despertar A La Realidad. Saga Libros 1-6

Adicta A Tu Aroma. Flor Divina del Desierto. Saga Libros 1-6

Profundamente Violeta (Libro 1)

Íntimos Deseos. Una Novela Romántica de Mercedes Franco Sagas Libros 1-3

Secretos Inconfesables. Una pasión tan peligrosa que pocos se atreverían. Saga No. 1, 2 y 3

Secretos y Sombras de un Amor Intenso. Saga Libros 1-3

Rehén De Un Otoño Intenso. Saga Libros 1-3

Las Intrigas de la Fama Saga Libros 1-3

Gourmet de tu Cuerpo. Pasiones y Secretos Místicos Saga Libros 1-3

Pasiones Prohibidas De Mi Pasado. Saga Libros 1-3

LOVECOINS. ¿Y si el amor fuese una criptomoneda...? Saga Libros 1-3

Hasta Pronto Amor. Volveré por ti. Saga Libros No. 1, 2 y 3

Amor en la Red. Caminos Cruzados. Saga Libros No. 1, 2 y 3

Oscuro Amor. Tormenta Insospechada. Saga Libros No. 1, 2 y 3

Mis libros de Fantasía y Romance Paranormal:

Inmortales. Génesis. El Origen de los Vampiros. (Libro No. 1)

Metamorfosis. El Legado Secreto de los Vampiros Saga Libros No. 1, 2 y 3

Reina de la Oscuridad. Una Historia de Romance Paranormal Saga Libros No. 1, 2 y 3

Seduciendo al Vampiro. Desafío de Fuego. Saga Libros No. 1 al 6

Dinastía de las Sombras. La Oscura Corona. Saga Libros No. 1, 2 y 3

Corona de Fuego. Saga Libros No. 1, 2 y 3

Oscura Dinastía Saga Libros No. 1, 2 y 3

La Furia y El Poder De Las Sombras Saga Libros No. 1, 2 y 3

Otros Libros Recomendados de Nuestra Producción:

Contigo Aunque No Deba. Adicción a Primera Vista Saga Libros 1 y 2
Autora: Teresa Castillo Mendoza

Atracción Inesperada Saga Libros 1 y 2
Autora: Teresa Castillo Mendoza

Deseos Embriagantes.
Autora: Teresa Castillo Mendoza

El Secreto Oscuro de la Carta (Intrigas Inesperadas)
Autor: Ariel Omer

Placeres, Pecados y Secretos De Un Amor Tántrico
Autora: Isabel Danon

Una Herejía Contigo. Más Allá De La Lujuria.
Autor: Ariel Omer

Juntos ¿Para Siempre?
Autora: Isabel Danon

Pasiones Peligrosas.
Autora: Isabel Guirado

Mentiras Adictivas. Una Historia Llena De Engaños Ardientes
Autora: Isabel Guirado

Intrigas de Alta Sociedad. Pasiones y Secretos Prohibidos
Autora: Ana Allende

Amor.com Amor en la red desde la distancia
Autor: Ariel Omer

Seducciones Encubiertas.
Autora: Isabel Guirado

Pecados Ardientes.
Autor: Ariel Omer

Viajera En El Deseo. Saga No. 1, 2 y 3
Autora: Ana Allende

Triángulo de Amor Bizarro
Autor: Ariel Omer

Contigo En La Tempestad
Autora: Lorena Cervantes

Recibe Una Novela Romántica Gratis

Si quieres recibir una novela romántica gratis por nuestra cuenta, visita:

https://www.librosnovelasromanticas.com/gratis

Registra ahí tu correo electrónico y te la enviaremos cuanto antes.

Secretos Inconfesables

Libro 3

Capítulo IX. Pintando el rostro de una desconocida

Por: Jane Brecht-Amara Ackermann

Jane Brecht recordó el momento en que se dio cuenta que era diferente a los demás, corría el año de 1980 cuando a sus 42 años se veía mucho más joven de lo que era. Al principio sintió que tenía buenos genes, como decían entonces, pero poco a poco se empezó a dar cuenta que no era natural parecer de 25 cuando en realidad tenía más de 40 años. Bien podía pasar por una de las amiguitas de su sobrina, e incluso uno de los amigos de su sobrino la había confundido con una amiga de la universidad.

Eso la comenzó a inquietar, en ese instante de su vida su existencia no era propiamente idílica, se había separado de su esposo a los 32 años y después de eso no había podido concretar una relación seria, tal parecía que en algún punto de la historia los hombres habían dejado de comprometerse en una relación seria, todos querían una sola cosa, irse a la cama con una mujer atractiva y luego cero compromisos.

Muchas veces le había preguntado a su madre Alice Brecht mujer norteamericana originaria de Alemania, si era adoptada, ya que ella era muy diferente a sus hermanos. Su intenso color rubio y ojos penetrantemente azules eran muy distintos a los ojos y cabello oscuro de toda su familia.

- Son los genes de la abuela, le decía ella repetidamente, ella era idéntica a ti, ¿no la ves? Le decía mientras le señalaba la foto de una mujer rubia que no se parecía en nada a ella.
- Pero mamá, mi abuela tampoco se parece en nada a mí.
- Buen, pero cada persona es distinta, le decía con aire ausente como si no le importara su angustia.

Siempre tenía alguna excusa o un recurso de evasión para no responder a sus preguntas, esta confusión siempre la hizo sentirse un poco al garete, confundida. Era como si flotara en un universo y ella no lograba concretar nada, parecía no tener un piso. Siempre se sintió como una extraña en su familia, incluso sus hermanos la trataban diferente, no formaba parte de sus bromas, ni de sus gustos, no pertenecía a esa familia.

- Sabes, mis hermanos no me quieren, le dijo a su futuro esposo Craig Johnson.
- Son cosas tuyas, los hermanos siempre pelean, o se dicen cosas feas, eso es normal amor.
- No, esto es distinto Craig, hay como un rechazo, como si me dijeran que no soy su hermana, es muy raro.
- Bueno, no te iba a decir esto para que no te molestes conmigo, pero tal vez sea solo envidia.
- Por qué.
- ¿Te has visto en un espejo Jane?
- Sí, muchas veces, le dijo sorprendida.
- Entonces te habrás dado cuenta que eres desmedidamente hermosa.
- Y eso qué tiene que ver.
- Tus hermanas no son tan bellas como tú.
- No digas eso Craig.
- Es la verdad, tú eres una rubia espectacular, es más deberías ser como esas actrices que salen en el cine puedes competir con cualquiera de ellas, te pareces a Brigitte Bardot y Janes Mansfield, eres mil veces más bella que todas las mujeres que conozco.
- Dices cada cosa Craig.
- Me imagino que te lo han dicho antes.
- Pues sí, me han dicho que soy linda pero tú exageras demasiado.
- No es así Jane, incluso hasta tienes nombre de artista, Jane Brecht, es hermoso ¿no?

Ahora reía al recordar esas conversaciones de su juventud, ahora esa belleza y lozanía parecían una perturbación. Sentía que debía esconderse de las personas que había conocido en el pasado, porque se asombraban de ver lo joven que estaba, mientras ellas tenían arrugas, señales, marcas de la edad. Por su parte, ella parecía una modelo con su cabello largo y rubio, el rostro perfecto y lozano, firme, su figura espigada, esbelta y definida. No era algo normal ni natural, y francamente a veces le asustaba.

Sentía siempre un vacío, algo faltaba en su vida y por más que se empeñaba en llenarla con distintas cosas nada funcionaba. Eso no le había ayudado en sus relaciones personales, porque siempre estaba inconforme, pensando que esa persona, su pareja, llenaría todas sus necesidades emocionales. Esto le había hecho fracasar en todas sus experiencias amorosas. Ahora a su edad, sola, y con una relación en ciernes, quería poner de su parte para que funcionara, no entendía cómo pero necesitaba hallar respuestas a esa constante necesidad, la frustración y el vacío.

- Qué haremos hoy mi vikinga, le dijo él.
- Pues, se me ocurre ir al cine a ver una película.
- Mmm, mejor nos quedamos aquí, pedimos una pizza, y yo te enseño unas cuantas cosas, ¿te parece? Le dijo él insinuante.
- Mmm eso suena interesante.
- Te mostraré unas cuantas posiciones interesantes que aprendí por allí en un libro.
- ¿Sí? A ver eso me suena muy bien, necesito unas lecciones eróticas de esas.
- A ver, le dijo tomándola por su estrecha cintura, cielos me cuesta creer que esta cintura sea tan pequeña, eres increíble, tu cuerpo es sencillamente perfecto.
- Eres tan exagerado Chris.
- Es cierto, y cada día te pones más bella, pareces de 20 años amor.
- Eso es bueno ¿no? Son los buenos genes de mi familia.
- Y muy buenos, en realidad eres increíblemente hermosa.
- Vamos a discutir toda la vida de mi físico o me vas a mostrar esas posiciones de las que tanto has hablado.
- Bien, con que quieres las cosas así, bien,

Entonces la tomó por la cintura y la tiró en la cama, se quitó el pantalón con habilidad y la ropa interior mientras ella hacía lo mismo, dejando al descubierto su perfecto cuerpo de musa, torneado, níveo y curvilíneo. Él se maravilló ante su belleza inhumana, se detuvo unos instante para admirarla, era totalmente deslumbrante.

- Cielos, eres tan hermosa.
- Gracias, tú también.
- Ya verás lo que te hago, le dijo precipitándose sobre ella con pasión.

Exploró su cuerpo con sabiduría, ya tenían dos años juntos y aun no se saciaba de ella, su relación había madurado hasta encontrarse en una total comodidad. Se compenetraron intensamente, hasta fundirse en uno solo, la intensidad de sus relaciones era cada vez mayor, él sabía cómo acariciarla en los puntos justos para volverla loca. Ahora él tocaba su pubis con intensidad, lo hizo hasta hacerla llegar a un intenso orgasmo como sabía que a ella le gustaba.

Con Chris ella podía ser sincera, no habían medias tintas, ni romances sin sentido, ya no estaba en edad para tonterías, ni perder el tiempo, le gustaban las cosas concretas que tenían una dirección y objetivo. Él era un hombre práctico, también le gustaba ir al grano, le ofrecía romanticismos ni le pintaba cuentos, era sincero, por ahora no deseaba casarse, pero se sentía bien con ella, y le gustaba mucho su forma de ser y su gran talento para la pintura.

- ¿Te gustó?
- Mucho, estuviste muy bien, como siempre.
- Esa cosa que haces, guaoo.
- Jajajajajaa.
- Sabes, ayer me dieron esto, dijo sacando de la mesita de noche unos tiquetes.
- De qué son.
- Un concierto de Rock.
- Oh cielos no, ya no estoy para esas cosas.

- Pues te ves tan joven que pasarías por alguno de esos chicos que le fascinan estos grupos.
- Me veré pero ya no tengo esa edad.
- Pero lo pareces, que es lo importante.
- Jajajajajaa, dámelos, se los regalaré a mi sobrina, a ella le va a fascinar, gracias le dijo mientras los tomaba y Chris le daba un beso en los labios.
- Sabes quería contarte algo.
- Dime.
- Estamos montando una nueva exposición en el museo.
- ¿Sí? ¿Cuál?
- Es del Holocausto.
- Interesante, y cómo es el montaje.
- Es algo diferente, pero al ver las fotos, por Dios, es...te afecta. Qué cosa tan terrible esa, deberías ir a verla. He estado investigando y hay unas cosas muy interesantes.
- Por qué, qué hay de interesante, a ver dime, mi curador preferido.
- Estamos haciendo mucho énfasis en la participación de las mujeres en la Segunda Guerra Mundial, soldados, enfermeras, doctoras, mujeres trabajadoras, etc.
- Interesante.
- No te apasiona mucho el tema ¿verdad?
- Pues normal, como a todo el mundo.
- Bueno, como tu abuela era alemana pensé que te gustaría mucho.
- Sí, bueno, eso es cierto, pero no sé, todo lo que tenga que ver con eso me da escalofríos, todo ese dolor, la verdad me alegro de vivir en un país como este.
- Este país participó en esa guerra.
- Lo sé, pero me refiero a que los alemanes hicieron muchas cosas malas.
- Bueno, algunos, no todos, recuerda, bueno... en fin... lo que quería decirte es que fui y me llamó la atención algo que vi.
- ¿Qué? ¿A ver?

- Una mujer, una foto de una mujer, era increíblemente hermosa, una espía inglesa, no sé, cuando la vi me llamó demasiado la atención, porque se parece demasiado a ti.
- Jajajajaa, gracias por lo de increíblemente hermosa.
- No, en serio, si la vieras también pensarías como yo, te pareces demasiado.
- Hay personas que se parecen mucho Chris, no sé por qué te sorprende tanto.
- Tienes que verla amor, cuando la veas hablamos.
- Bueno, igual tengo que pasar por allí ya el curador me dio fecha para la exposición.
- ¿En serio? Guaoo y por qué no me habías dicho nada amor.
- Porque no me dejaste opción con esas deliciosas propuestas tuyas, no quedaba nada más sino callar y dejarme llevar.
- Mmm, gracias por lo que me toca, pero sígueme contando.
- La fecha es en cuatro meses.
- Oh cielos, pero es ya mismo, tienes que ponerte a trabajar.
- Sabes como soy, la inspiración es algo muy fácil para mí.
- Sí lo sé, pero igual amor.
- Mmm y tú me ayudarás jajajajaa.
- Por supuesto, soy tu museógrafo oficial.
- Y cómo se llama la expo que estás curando.
- Las mujeres y la guerra, la historia de seis años.
- Interesante amor, se oye bien.
- De hecho, tendré que ir a Alemania para investigar algunas cosas en archivos especiales.
- Ohhh, no me habías dicho nada ¿puedo ir contigo?
- Sí claro, te lo iba a proponer, sólo que vas a estar ocupada pintando ¿no?
- La verdad tengo varias piezas adelantadas, y puedo pintar en cualquier lugar, eso no me limita, tal vez Alemania sea lo que necesite para encontrar ese nuevo lenguaje que tanto quiero para mis obras.
- Puede ser, dicen que no hay nada como Berlín para inspirarse.
- Sabes, me dio curiosidad lo que me dijiste de esa mujer, cómo se llama, la que dices que se parece a mí.

- Mmm, no recuerdo déjame buscar y te digo mañana.
- Ok, ahora podemos dedicarnos a hacer el amor otra vez ¿te parece?
- Jajajajajaja, cielos sí, me parece y mucho.

Entonces ella se tiró sobre él y lo llenó de besos apasionados, él tenía ese efecto, la hacía sentir plena completamente, como si pudiera decirle o hacerle cualquier cosa, eran como parte de una sola entidad. Se montó sobre él y entonces comenzó a besarlo y bajar hacia su zona íntima, entonces él empezó a gemir de placer, hasta que se desató en un explosivo orgasmo ruidoso y maravilloso.

- Oh rayos eres genial, eres uffff.
- Jajajajajaa, tú también ahora es tu turno, a ver dijo recostándose en la cama y esperando su premio.

Al siguiente día se dirigió al museo para hablar con su curador, cuando entró respiró el deliciosa aroma de ese recinto, le maravillaba que ahí mismo, dentro de cuatro meses estarían sus obras montadas y siendo exhibidas ante el público. Nada más de pensarlo se sentía emocionada, era una deliciosa expectativa, había luchado tanto para exponer en ese museo y por fin ya casi se estaba dando.

- Hola Jane, cómo estás, qué puntual, me gusta eso.
- Claro, no pude dormir en toda la noche pensando en esta cita.
- Jajajaaj, me gustaría pensar que fuese por mí, pero sé que no es así, jajajaaa.
- No, definitivamente no.
- Chris es un maldito afortunado.
- Sí que lo es, jajajajaaa.
- Bueno, aquí estoy, hablemos.
- Bien, pero necesito que vayamos a la sala, a tu futura sala.
- Oh guaooo es emocionante Eric.
- Sí que lo es jajajaja, vamos, le dijo indicándole el camino.

Subieron al ascensor y él marcó el piso tres, ella estaba inquieta, le pareció el tiempo que tardó en abrir las puertas. Avanzaron y entonces él se la mostró. Era fascinante, la sala tenía unas proporciones inmensas, y ella de una vez supo cómo quería que se vieran sus piezas.

- Es hermosa ¿no?
- Increíble, dijo emocionada, es la sala más bella que he visto, mira esta iluminación, cielos, ya me imagino todo lo que podemos hacer aquí.
- Sí es una sala estupenda, por eso la escogí para ti.
- Oh gracias Eric, me encanta.

Eric Brown era un hombre de 45 años, y desde que conoció a Jane se había enamorado de ella, desafortunadamente para él Chris se la había adelantado, cuando por fin se decidió a decirle lo que sentía, ya ella era pareja de su colega curador. Ni modo, se dijo, pero no se terminaba de resignar, aunque seguía saliendo con otras mujeres.

- Oh cielos, estoy muy emocionada, rayos.
- Jajajajajjaa.
- Casi me haces llorar Eric, gracias por todo esto.
- No me des las gracias, tú te lo mereces, has luchado mucho por todo esto, así que disfrútalo.
- Gracias por tus palabras.

Él no podía dejar de pensar en lo hermosa que era esa mujer, la veía mientras recorría la sala y observaba todo el espacio, era fantástico percibir su emoción sincera, parecía una niña de cinco años con una muñeca nueva. Eric la esperó, la dejó recorrer todo el espacio con una paciencia infinita, se imaginó cómo se sentiría estar cerca de esa mujer, tocarle su sedoso y hermoso cabello rubio como el trigo, largo, su tez blanca y bella como la porcelana y en contraste con esos gruesos y lindos labios rojos.

A veces fantaseaba con besarla y observar de cerca sus profundos ojos azules como el cielo, ese bastardo era realmente afortunado, él daría lo que fuese por tenerla a su lado.

- Y bien, ya planeaste lo que piensas hacer, le dijo después de media hora.

- Sí, se me han ocurrido muchas cosas interesantes.
- Cómo cuáles.
- Bueno, ¿ves este espacio de aquí?
- Sí, jajaja.
- Bueno, aquí podría hacer una instalación con mis pinturas de retratos, sólo que aún no tengo la obra, quiero que sea como, como te digo, un rostro, estudiarlo en profundidad, captar cada espacio y momento.
- Es una muy buena idea.
- Pero no tengo la obra lista, es más si te soy sincera se me acaba de ocurrir.
- Y cuándo puedo ir a tu taller para ver las obras que tienes listas.
- Bueno, podría ser el sábado, o no, no sé si no puedes.
- Sí claro que puedo, cuando tú me digas.
- Entonces genial, el sábado, es un buen plan jajaja, pero lleva algo de ese vino que me diste la otra vez, estaba delicioso.
- Oh bien, entonces es un trato.
- Perfecto le dijo dándole la mano para sellarlo.
- Bien, voy a ver a Chris, me contó de una exposición del Holocausto muy buena que van a montar.
- Oh sí, oí de ella, dicen que hay fotos muy buenas.
- ¿Has visto las fotos?
- No, no he visto nada aun, la verdad no he hablado con Chris.
- Bueno, entonces quedamos así, le dijo señalándolo con la mano, no me vayas a dejar plantado.
- Por supuesto que no.
- Ok, entonces nos vemos, le dijo dándole un beso en la mejilla.

Entonces salió y él se acarició la mejilla con la mano, pensando en que hubiese deseado ese beso en la boca, y al mismo tiempo ilusionado por el encuentro con ella de ese día sábado. Ella avanzó y se olvidó completamente de Eric, caminó hacia el elevador, marcó el botón de llamada y entró, marcó entonces el sótano 2. Sintió una tonta emoción en el corazón, como si fuese la primera vez que sorprendía a Chris en su trabajo. Cuando las puertas del elevador abrieron caminó hasta su oficina como una niña ilusionada.

Estaba loca por contarle las novedades de la exposición, y de cómo pensaba montar las obras en la sala que Eric le había asignado. Tenía claramente esa imagen en su cabeza, estaba muy inspirada, tanto que se le había olvidado decirle a Eric unas cosas, pero ni modo tendría que esperar para otra oportunidad.

- Oh guaoo amor, ¿qué haces por aquí? Le dijo sorprendido.
- Te dije ayer que debía venir para hablar con el curador de mi exposición.
- Oh, cielo, cierto, disculpa se me había olvidado por completo, y cómo te fue con Eric.
- Pues muy bien, me asignó la mejor sala, es increíble, es como la sala de mis sueños.
- Déjame adivinar en el piso 3, la C-2.
- Eh ¿cómo lo sabes?
- Yo también pensé en esa sala para tu obra. Eric es un hombre muy talentoso, pero sobre todo muy…
- Muy qué Chris.
- Muy enamorado de ti.
- ¿Enamorado de mí? De qué me estás hablando Chris ¿Estás loco?
- Jajajajaa, ¿no te has dado cuenta? Vaya, y dicen que ustedes las mujeres son tan intuitivas y que los hombres nunca nos damos cuenta de nada.
- No te creo, nuestra relación es estrictamente profesional, y bueno, en parte amistosa, pero eso es todo.
- Sí, claro, puede que de tu parte, pero de su lado no es así, te aseguro que las cosas son muy diferentes de allá para acá, le dijo con un gesto gracioso.
- La verdad no me he dado cuenta de nada de eso, y deja de hacerme ese gesto que te estoy viendo.
- Bueno, jajaja, ya lo sabes.
- Y… eso no te pone ni un poquitín celoso, le dijo acercándosele con gesto coqueto.
- No, para nada.

- Eh, por qué.
- Porque no soy un hombre celoso, para nada amore mio, así que si quieres que te cele mejor siéntate, porque eso no va a ocurrir.
- Mmm, ni modo.
- ¿Te gustaría que me pusiera celoso?
- Mmm, tal vez, sí.
- Por qué Jane.
- Así sentiría que me quieres más, no lo sé, tonterías mías.
- Pero tú sabes que te quiero.
- Sí, pero a veces eres un poco desinteresado con relación a lo nuestro.
- No me digas que a estas alturas que te vas a convertir en una de esas mujeres que se la pasan pidiendo que les digan que las aman, o cielos cada cinco minutos, por favor, a estas alturas no.
- No claro que no, pero a veces eres realmente seco, desinteresado conmigo.
- Oh Dios, mujer, ven acá, por todos los cielos, le dijo mirándola con sus penetrantes ojos negros.
- Mmm, qué me vas a dar.
- Un beso, ven, ven mi vikinga.

Entonces la tomó por la cintura y la trajo hacia sí, la besó tiernamente en los labios, saboreando el dulce gusto de su boca y recorriéndola con la lengua, de una forma diestra y maravillosa.

- Bien, ahora sí estoy conforme.
- Juro que, dijo haciendo un gesto cómico y colocando la mano como si prestara un juramento a la bandera, juro que de ahora en adelante te recibiré en mi oficina así, siempre con un beso como este ¿te parece bien?
- Jajajaaj, sí me parece bien, dijo ella riendo ante a actitud tragicómica de Chris.
- Bueno, entonces me magino que estarás muy feliz con tu buen amigo Eric, jajajaja.
- Oh, jajajajaa, deja de poner ese tono para referirte a él.
- No he dicho nada, sólo que es tu amigo.

- Sí, es mi amigo, por cierto va a venir el sábado al apartamento.
- Bien por los dos, jajajaaja, ¿le dijiste que traiga vino? Ese del otro día me gustó mucho.
- Sí, se lo dije.
- Entonces perfecto.
- Cielos, ¿no te da celos que vaya a mi casa?
- No, para nada, además es normal, es el curador de tu exposición debe ver tu obra, es así.
- Bien, y sí, para responder a tu pregunta estoy muy feliz, es lo que he estado esperando, te imaginas yo exponiendo aquí en el MOMA.
- Te lo mereces has luchado mucho por esto.
- Lo sé, pero es increíble, además ya no soy tan joven.
- No discutiremos el asunto de la edad otra vez, ya te dije que no deberías preocuparte por eso, pareces una niña de 25 años, la verdad es que tienes los mejores genes que he visto en el mundo.
- Sí, así parece.

A Jane no le gustaba tocar ese tema, porque en realidad a ella también le comenzaba a inquietar el hecho de su apariencia tan juvenil, aunque todavía era joven la verdad es que ella se veía por lo menos 20 años menor para su edad natural. Así que trató de desviar el tema de conversación.

- Y tengo muchas ideas con las obras, no sabes al ver el espacio todo comenzó a llegar a mi mente, dijo con una sonrisa encantadora.
- Sabes, amo cuando haces eso.
- Qué.
- Esa sonrisa, esa misma, es deliciosa, mi talentosa vikinga, me excita una mujer talentosa.
- Lo sé jajajaa, por eso estás conmigo.
- ¿Modestia aparte?
- No, la verdad dejemos la estúpida modestia, jajajajaa.
- Cierto, cierto, quien la necesita.

- Bien, te cuento, quiero hacer una instalación artística en una parte de la sala, del lado derecho ¿lo visualizas?
- Sí, claro, lo veo, he hecho muchos montajes con museógrafos ahí.
- Bien, entonces lo vi como un retrato.
- ¿Autorretrato? Se adelantó él.
- No, quiero a otra persona, quiero a alguien que me de escalofríos cuando lo vea, que me trasmita electricidad, me inspire, me haga sentir un cortocircuito interno, entonces repetiré su rostro en un formato, con las diversas facetas de su cara, con la psicología de ese personaje, alguien completo, ¿si me entiendes?
- Claramente, es una muy buena idea, y en ese espacio va a quedar muy bien.
- Sólo que por ahora no sé a quién deseo colocar allí.
- ¿Una mujer?
- Puedes ser, aun no me he decidido.
- Puede que tenga a alguien que te podría servir.
- ¿Cómo es eso? De qué me hablas.
- Espérame aquí, le dijo.

Entonces se paró y fue a buscar algo a uno de sus archivos, parecía muy concentrado, y estaba entusiasmado con el discurso que le decía Jane y la intencionalidad de su obra le fascinaba. Chris era un hombre de esos que son difícilmente commovibles, pero cuando se apasionan por algo dan el 100% de su esfuerzo, pasión y entrega.

- ¿Tienes café Chris?
- No, pero puedes hacerlo, allí en esa gaveta hay, y ya sabes dónde está la cafetera, le dijo con una sexy sonrisa de medio lado.
- Ok, está bien, como digas.

Mientras ella preparaba el café Chris buscaba en su archivo algo, ella lo miraba cada tanto con curiosidad femenina. Cuando lo consiguió esbozó una sonrisa de triunfo. Y tomó la carpeta de color gris para mostrársela.

- A ver, y qué te pone de tan buen humor.
- Espera y verás, dijo con una sonrisa pícara.
- A ver ¿me vas a mostrar algo o estaremos así toda la mañana?
- Paciencia, paciencia pequeña, estoy buscando, le dijo mientras seleccionaba algo que estaba dentro de la carpeta.
- Mmm, bien, entonces tendremos paciencia, como digas.
- Aquí está, le dijo mientras le pasaba una foto en blanco y negro.

Ella se quedó mirándola un rato, la analizo y luego se echó a reír a carcajadas ante el rostro de asombro de él.

- Jajajajaa, cielos Chris, muy gracioso.
- ¿Qué cosa? ¿Qué te parece tan gracioso?
- Esto, es la mejor broma que me has gastado desde que te conozco.
- ¿Cuál broma? De qué rayos hablas.
- Esta foto, por todos los cielos, qué le hiciste.
- Cómo qué, qué le hice, no le hice nada, la acabo de sacar del archivo.
- Sí claro, es obvio que soy yo.
- ¿Ves? Te dije que esta mujer era idéntica a ti.
- ¿Esta es la mujer que me decías?
- Sí, esta misma, te dije que eran demasiado parecidas.
- Oh por Dios, esta vez has llegado muy lejos Christopher Jones.
- No entiendo, esto no es ninguna broma, es una de las fotos para la exposición, es la mujer que te dije.
- ¿Me hablas en serio? No sé si creerte.
- Si no me crees ahora ya lo verás cuando las montemos en la sala, entonces sí me creerás. Además, esta mujer es famosa, puedes buscar en los archivos periodísticos de la época.
- Por qué, qué la hace tan famosa.
- Ella era una espía inglesa que se infiltró en medio de los nazis para salvar a muchas personas y pasar información al gobierno inglés.

- ¿En serio?
- Sí, en serio, ella salvó muchas vidas.
- Cielos, muy valiente.
- Así es, fue una mujer increíblemente valiente, mató a uno de los generales de Hitler, con el cual se casó y estuvo varios años para extraerle información.
- Vaya por todos los cielos, ¡qué mujer! Yo nunca podría hacer algo como eso.
- No sabemos de lo que somos capaces Jane, hasta que simplemente lo hacemos.
- Mmm, es muy bonita.
- Sí, y ves cómo se parece, es que hasta esta forma de los ojos, ves, esta que tienes aquí, es idéntica.
- Sí, es raro, es extraño que dos personas se parezcan tanto, ¿o será normal?
- Pues no lo sé, pero es idéntica a ti o tú a ella no lo sé.
- Cómo se llamaba.
- Su nombre clave era Dorota Furtwangler, fingía ser una alemana nacida en Berlín y criada a las afueras de Magdeburgo, pero su nombre verdadero era Lucinda Washl, una inglesa que se crío entre Londres y un lugar de la campiña llamado Chipping Campden.
- Cielos, en ese tiempo las cosas eran muy difíciles al parecer.
- Sí, aun lo son, todas las consecuencias de esa guerra afectan todavía a miles de personas, es una algo increíble.
- Qué horror, cómo una persona hace tanto daño.
- Así es, las locuras de ese hombre hicieron mucho daño, pero tal vez hallaron asidero, porque si no, no habría hecho todo el desastre que fraguó con todas esas personas apoyándolo.
- También es cierto. Pero, esta mujer Lucinda qué buscaba, qué cosa estaba investigando.
- Pues al parecer varias cosas, algunas clasificadas y por eso debo ir a Alemania y luego a Inglaterra, pues eran varias mujeres las que estaban asignadas en esas misiones incluyendo a una llamada Mae, cuyo verdadero nombre era Ericka Fitzpatrick.
- Otra inglesa.

- Sí, así es.
- Guaoo, no sabía que habían tantas mujeres espías en la guerra.
- Bueno, Lucinda debía sacar información de su esposo y los oficiales cercanos acerca de un programa de eugenesia racional, donde también involucraban políticos y personas que el Tercer Reich querían desaparecer.
- Entiendo.
- Y habían otras cosas, pero esas aun no las he podido dilucidar algo llamado Proyecto L, pero no estoy seguro qué es.
- Suena interesante, ahora con más razón te acompañaré a Alemania.
- Genial, necesito una compañera eficiente que me ayude en mis labores investigativas.
- Bien, me anoto.
- Entonces, tú y tu amigo Eric.
- Cielos, ya lo dijiste, o es que en realidad sí estás celoso.
- Te aseguro que no, ni un poco.
- A veces creo que no me amas.
- Oh tonta, no sigamos con eso, mejor tomemos café antes que te vayas, quiero tomarme una rica taza contigo.
- Bien, pero, una pregunta.
- Dime.
- Tienes una copia de esa foto.
- Sí tengo varias.
- Me puedes dar una.
- ¿Te interesó?
- Sí, esa mujer, no sé, me genera algo.
- Electricidad.
- Algo así, no lo sé, después de lo que contaste, siento que es alguien complejo, espías, misterios, misiones, secretos, tiene todo, si te pones a ver.
- Sí, puede ser, ya te paso la copia.
- Bien, dijo con gesto de triunfo.
- Pero, cuando coloques los datos me colocará a mí, pues yo fui el impulsor de la idea, le dijo antes de pasarle la foto.

- Muy bien, así será jajajajaa, le dijo siguiéndole la broma.
- Bien, entonces sí, mi vikinga, toma, y…
- Y qué.
- Espero otro premio esta noche.
- Cuál.
- Esa deliciosa cosa que me hiciste anoche, eso espero.
- Jajajajaaja, bien rio ella con malicia, sabiendo exactamente a qué se refería.
- Tomemos esto a ver, mmm rico, como siempre muy buen café.

Cuando ella llegó al apartamento con la foto, sintió de pronto la inspiración. Subió al segundo piso y abrió la puerta del taller, caminó hasta la mesa y preparó más café, necesitaba mucha cafeína para inspirarse a crear esa obra. Puso a hacer el café en la cafetera y entonces se sentó en su mesa de dibujo, volvió a mirar la foto con atención, esa mirada, había algo especial, una fuerza irresistible que necesitaba captar. La miró por varios minutos, era muy hermosa, se estiró para tomar un espejo que tenía cerca.

Observó ese rostro y al mismo tiempo el suyo, eran increíblemente parecidas, eso la hizo sentir una extraña inquietud, algo que no sabía a qué razón atribuir. Los mismos ojos, el cabello de igual color, la forma de la cara, la nariz, los labios gruesos y bien dibujados. Ella llevaba un peinado a los hombros con el estilo característico de los años 40, sus labios parecían pintados de rojo y contrastaban hermosamente con su piel de porcelana. Tomó su lápiz y con gestos certeros fue perfilando el hermoso rostro, su perfecta línea y seguridad crearon la figura. Luego comenzó a pintarla con acuarelas y así hizo el primer boceto.

Era perfecto como dos gotas de agua, pero ella sentía que faltaba algo, seguro se debía a que no conocía la vida de la mujer, por eso no terminaba de captar su pasión, esa intensidad en la mirada. Volvió a hacerlo, y así logró unos 15, pero aún no estaba conforme.

- Quién eres Lucinda Washl, y por qué me haces sentir de esta manera.

Se levantó para servirse café, se llenó una taza grande y le colocó dos cucharadas de azúcar, lo revolvió, pero no veía realmente lo que estaba haciendo, sino que pensaba en esa mujer, trató de inventarse una historia. Vaya una espía, se dijo, qué puede haber más interesante que eso, una mujer valiente y arrojada, una espía.

Volvió a la mesa, esta vez trató con carbón, se miró al espejo y la miró a ella, entonces bajó al primer piso y fue a su cuarto con la foto en la mano. Tomó algunos de sus maquillajes, se arregló el pelo tratando de imitar el peinado de Lucinda, aunque ella tenía el pelo largo y liso, se pintó los labios de rojo y cuando se miró, ella misma se sintió asustada, retrocedió y era ella, Lucinda Washl.

- Qué es esto, qué está pasando aquí. Se quedó mirándose un rato y su corazón se aceleró, eso no podía ser normal, se dijo.

Subió a su taller nuevamente y allí estuvo toda la tarde tratando de pintar el rostro de esa mujer, una completa desconocida que sin embargo le inspiraba múltiples sensaciones. Alguien a quien no conocía y que sin embargo la hacía sentir de una manera muy extraña, una sensación que nunca había sentido en toda su vida.

La misteriosa rubia la siguió mirando impasible desde su lugar del pasado, hermosa y orgullosa, mientas ella se devanaba lo sesos pensándola. Entonces se sintió cansada, puso el cuaderno y los materiales en orden y salió del taller, necesitaba tomar aire fresco y despejarse, además esa noche tenía un compromiso muy importante e ineludible con Chris, y lo que ella prometía siempre debía cumplirlo.

Recibe Una Novela Romántica Gratis

Si quieres recibir una novela romántica gratis por nuestra cuenta, visita:

https://www.librosnovelasromanticas.com/gratis

Registra ahí tu correo electrónico y te la enviaremos cuanto antes.

Capítulo X. Tras las huellas del pasado

Jane había acompañado a su novio en el viaje de investigación, primero fueron para Alemania como estaba establecido en el itinerario, y luego a Inglaterra. En Alemania Occidental a investigar en los archivos del museo del Holocausto, y encontraron datos importantes acerca de las mujeres espías en la guerra, y por supuesto que Jane puso mucho empeño sobre todo en que Chris consiguiera información sobre Lucinda.

Encontraron que había sido secuestrada por varios años por el Proyecto L, aunque no sabían el motivo, así que la mujer pasó varios años de la guerra encerrada en las instalaciones, las cuales ya no existían. A Chris le pareció inverosímil que algo tan importante como eso pudiera haberse destruido sin más, aunque fuese un legado histórico negativo.

- Tal vez haya algo allí que no les interesara que se supiera.
- Cómo qué.
- Pues no lo sé, un secreto, ya ves que Estados Unidos tomó mucha tecnología alemana, tal vez allí había algo importante.
- Pues, fueron los mismos alemanes quienes o destruyeron.
- Entonces quizá los nazis pensaron que eso no debería caer en manos de otros.
- Puede ser, en todo caso es realmente decepcionante, dijo Chris un tanto desmoralizado por no encontrar todo lo que estaba buscando.

Cuando llegaron a Inglaterra Chris ya se había consolado un poco de su decepción en Alemania Occidental.

- Mira Chris, esto es genial, le dijo mostrándole unas fotos en una exposición acerca del nazismo en el Museo de Londres.
- Es Lucinda Washl, dijo con el rostro vibrante al ver a la rubia mujer, la foto había sido tomada en una fiesta del partido Nazi y allí está ella con el Brigadeführer Furtwangler.
- Oh rayos, mírala, que hermosa y elegante, con razón el muy bastardo no se dio cuenta que no era alemana jajajaa.
- Ya ves, los hombres se descuidan ante una belleza así, dijo mostrándose a sí misma.
- Jajajajaaj, claro un hombre como este, pero yo no soy así, nunca pierdo mi concentración, ni mis cinco sentidos.
- Cielos Chris, eres tan poco romántico.
- Jajajajajaa, rayos Jane, me encanta molestarte con eso, vamos, sigamos viendo.

Chris habló con el curador de la exposición y este le informó que si deseaban saber más acerca de Lucinda Washl debían ir a Chipping Campden donde ella aún vivía con su hija Stella. A Jane le brillaron los ojos cuando el hombre les dijo eso, el corazón le brincó de una manera extraña y casi sintió que iba a hiperventilar.

- Qué te pasa Jane, le dijo mientras la tomaba por el brazo ante la extraña mirada del curador.
- No lo sé Chris, no sé qué me pasa, pero siento algo raro, quiero ir a ese sitio y quiero ver a esa mujer, necesito hablar con ella.
- Bien, tenemos que ir, yo también necesito hablar con ella, es una de las pocas fuentes primarias con las que puedo contar para mi investigación.
- Muy bien, entonces con más razón debemos ir cuanto antes.
- Bien, Chipping Campden dijo.
- Así es señor, le dijo el curador, aquí le estoy anotando la dirección exacta, no se perderá, de todas formas la gente lugareña es muy afable y todos conocen a Madame Lucinda, como comprenderá es casi una heroína nacional.
- Entiendo, gracias señor David, estoy infinitamente agradecido por su ayuda.
- De nada señor.

Mientras viajaban en el coche de alquiler Jane sentía su corazón vibrar con fuerza, y además el paisaje era francamente embriagador, las laderas y árboles, las hermosas casas de piedra, el color esmeralda de los pastos y las bucólicas escenas que se percibían en cada lugar especial y pueblo que iban desfilando ante sus ojos. Al fin, cuando llegaron a Chipping Campden, Jane casi tenía un colapso nervioso.

- Mujer qué te pasa, tranquilízate, no te conozco siempre eras tan ecuánime.
- No lo sé, es que esto es emocionante, me siento como en una película, como si al fin pudiésemos descubrir qué pasó, uno de esos finales poéticos.
- Cielos jajajjaa hoy estás tan dramática, no sé qué te pasa.
- Es que este lugar es increíblemente hermoso, no lo sé, es como una pintura, te recuerdas las que vimos una vez de John Costable.
- Sí, claro, se parece.
- Mira estas casas son geniales, y todo de piedra, guaoooo.
- Estos pueblos son bastante antiguos.
- Sabes, me cuesta creer que una mujer intrépida como Lucinda haya terminado en este lugar tan apartado de todo.
- Bueno, la gente cambia cuando pasa por un trauma como ese, la guerra deja secuelas insospechadas en las personas.
- Eso es cierto, pero igual una persona acostumbrada a la acción debe sentirse realmente deprimida al estar en un lugar tan sosegado como este.
- Ciertamente, ¿cómo dijiste que se llamaba el lugar?
- The Green Cow.
- Cielos, qué nombre jajajaaa.
- Sí, es cómico y estrafalario.
- Hacia dónde debemos ir.
- Mira, preguntémosle a esa señora que está allí, dijo señalando hacia su derecha.
- Buenos días señora.
- Buenos días, le respondió la anciana mujer.

- Por dónde podemos ir para llegar a este lugar The Green Cow.
- Oh sí, Green Cow, siga derecho por aquí, ve, por este mismo camino, el del lado derecho, siga son unos 10 kilómetros y allí mismo lo verá, es un lugar muy bonito.
- Gracias señora.
- ¿Va a visitar a Lucinda?
- Sí.
- Bien, seguro le parecerá muy interesante.
- Eso espero, le contestó Jane, y usted desde cuando la conoce.
- Jajajaaja, de toda la vida en realidad, desde pequeñas.
- Genial.
- ¿Y usted es familia de ella?
- No, por qué.
- Es que es idéntica a Lucinda.

Jane miró a Chris, quien le sonrío dándole a entender lo acertada de su apreciación al compararlas desde la primera vez.

- Sí, me lo han dicho.
- Es cierto, ella era así como usted, muy hermosa cuando joven, antes que esa maldita guerra acabara con todos nosotros.
- Eh bien, gracias por todo señora…
- Andrew, Mariam Andrew.
- Gracias señora Andrew.

Ella se quedó pensando en las palabras de la mujer, y en cómo todo el mundo veía el enorme parecido entre ambas.

- Qué pasó, te quedaste muy callada.
- No me pasa nada, es sólo que…
- Que las personas notan lo mismo, y eso te preocupa, aunque no sé por qué.
- La verdad no lo sé Chris, es que, no me parezco a nadie de mi familia, la verdad somos muy distintos.
- Eso es cierto, pero a qué punto quieres llegar.

144

- Mis hermanos siempre me han tratado como a una extraña, y yo siempre me he sentido como una extraña entre ellos.
- Y qué.
- No lo sé, es que no lo sé Chris.
- No sé qué te pasa, pero desde que te mostré esa foto has estado sumamente extraña.
- Lo sé, es la verdad.
- Bien, entonces concentrémonos en esto y luego discutimos eso ¿te parece?
- Sí, está bien.

Cuando llegaron al lugar, la hacienda estaba cerrada, sólo se podía ver el viejo letrero que decía el gracioso y excéntrico nombre "The Green Cow". Jane se asomó entre la puerta de piedra muy ansiosa.

- Creo que no hay nadie, le dijo Chris con su acostumbrada actitud tranquila e imperturbable.
- Cómo que no hay nadie, no viajamos tantos kilómetros para nada.
- Pues parece que sí.
- No, no puede ser, debe haber alguien que sepa algo de esta mujer, dónde están, yo me quedaré a esperarlas, y se sentó en una gran roca que estaba al lado de la entrada.
- Pues yo no pienso estar todo el día aquí.

Ella se quedó sentada allí con los brazos cruzados y con gesto de desánimo, en eso divisaron un auto viejo que venía por la carretera. El mismo al llegar al punto donde ellos se encontraban se estacionó, y un hombre mayor acompañado de una mujer más joven los saludó.

- Buenas días, cómo están.
- Buenos días señor.
- Están buscando a Madame Washl.
- Sí efectivamente señor, le dijo Chris con una sonrisa.
- Pues perdieron su tiempo la señora está de viaje.
- Y cuánto va a tardar en venir, le dijo Jane un tanto impaciente.

- Pues, si la espera allí tendrá que buscar una posada, ella se fue para Estados Unidos.
- ¿Qué? Dijo ella con cara de molestia.
- Así es.
- Oh por todos los cielos, dijo ella frustrada.
- Tranquila cariño, le dijo Chris mientas le sobaba la espalda.
- Y en qué parte de Estados Unidos está ella.
- Pues eso si no lo sé joven.
- ¿Está de vacaciones?
- No, la verdad está con su hija Stella haciéndose un tratamiento, está un poco enferma.
- Entiendo.
- Bien, los dejo, menos mal pasé por aquí o hubiesen estado un buen tiempo allí.
- Efectivamente, le dijo Chris con una sonrisa.
- Los dejo, que estén bien.
- Adiós, gracias señor.

El anciano les hizo un gesto con la mano y Chris le correspondió, Jane a duras penas, por lo molesta que estaba ante la imposibilidad de conocer en persona a la interesante mujer.

- Bien, parece que debemos resignarnos a volver a Estados Unidos con las manos vacías jajajaja.
- ¿Y eso te da risa?
- Sí, es muy irónico que hayamos recorrido tantos kilómetros para ver a una mujer que estaba muy cerca de nosotros en Estados Unidos, no lo sé, me parece hilarante jajajajaa.
- Jajajajaa, bueno si lo pones así.
- Es la verdad, hay que reír Jane, ni modo, aprovechemos el tiempo para ver algunos lugares, como este Dover Hill, me han dicho que es muy hermoso, y romántico, ¿no es eso lo que te gusta?
- Lo dices de una manera, le dijo sin mucho encanto.
- Bien, vamos, hagamos turismo, al menos que saque algo bueno de esta travesía.
- Jajajaja cielos, esto ha sido un traste, un gran fracaso, dijo con gesto de decepción mientras Chris le sobaba la espalda

146

con un gesto de ternura, que le hizo sentir, a pesar de su falta de ternura, que éste sí sentía algo especial por ella.

Capítulo XI. Las huellas de la Guerra

Jane Brecht había tardado varios meses en completar todas las obras para su exposición, estaban terminadas menos una, la famosa instalación que se le había ocurrido desde el día que fue a observar el espacio de exposición. Sentía que no estaba completa, algo faltaba, pero no sabía que, otra vez sentía la misma sensación de vacío que la había perseguido toda su vida.

Se dirigió hacia el espejo y observó nuevamente su cara, preciosa y perfecta, se sentía inquieta, dudaba entre si debía ir a un médico y contarle su inquietud o simplemente ir a un psiquiatra porque tal vez estaba desvariando al pensar que realmente no envejecía. Se miró de los dos ángulos, derecho e izquierdo, observó su perfecto perfil y la firmeza juvenil del ovalo, bajó la vista y puso las manos sobre la mesita, se volvió a mirar, y se formuló una inquietante pregunta que había estado dando vueltas en su cabeza.

-   Quién eres, se dijo, y el hermoso rostro no le contestó, se quedó callado observándola, escrutándola, sin saber la respuesta.

Volvió al taller para seguir trabajando, pero sentía que le falta inspiración, buscó en el material que Chris le había pasado, revisó otra vez las fotos que ya conocía, como buscando algo nuevo, cualquier cosa que le diera una pista. Entonces observó bien del lado derecho y allí estaba un hombre, un hermoso hombre, muy joven, de ojos al parecer claros mirando a Lucinda.

-   Y este quién es, se dijo.

Lo miró muy bien, buscó en otra foto, allí también aparecían posando, ella junto al general y este solo del lado izquierdo, era un hombre muy guapo de grandes ojos y dulce expresión. Escrutó cada detalle de su rostro y entonces halló algo interesante, en su mano, del lado derecho un lunar en forma de media luna, alzo la suya y vio

148

una marca idéntica a la del hombre misterioso y en el mismo lugar. Sintió un sudor frío corriendo por su frente, eso tenía que significar algo, era demasiada casualidad que esa mujer fuese tan parecida a ella y ahora este hombre tenía el mismo lunar que ella, y de paso ubicado en el mismo sitio.

Entonces le contó a Chris lo que estaba pasando, este se quedó un rato pensativo y meditabundo, suspiró y luego tocó su mano.

- Creo que no debí mostraste esa bendita foto.
- Por qué.
- No lo sé, creo que todo esto te ha afectado.
- ¿No me crees?
- Sí, sí te creo, debo admitir que todo esto es bastante extraño, pero también puede ser que estés exagerando.
- ¿Cómo se llama? Le dijo señalando al joven de la foto.
- Es el doctor André Ackermann, psiquiatra que participó en el programa de eugenesia.
- ¿Era una de las personas que mataban gente inocente? dijo con cara de angustia.
- No, él era alemán pero en realidad trabajaba para salvar a personas de ese programa.
- Oh cielos, dijo respirando con alivio y llevándose las manos al pecho.
- Todo esto es…extraño, pero no sé creo que no deberías ponerte así.
- Por qué, cuantas probabilidades hay que te parezcas tanto a un persona y tengas el mismo lunar de otra en la misma mano, mira son idénticos. Y si te pones a observar me parezco a él también, mira esto le dijo mostrándole el perfil sobre todo la nariz que eran muy parecidas.
- Es cierto, pero, no lo sé, tendríamos que preguntarle a un experto, no sé de estas cosas, aunque creo que deberías preguntarle a tu madre en primera instancia.
- Ella nunca me va a decir nada, siempre le he preguntado cosas y todo el tiempo me responde con evasivas.
- Y qué es lo que crees, cuál es la hipótesis qué manejas, le dijo él con su acostumbrado sentido práctico.

- Que soy adoptada.
- Y que más.
- Sabes que más.
- Crees que tienes algo que ver con esta mujer.
- No lo sé, pero con todo mi corazón siento que mis padres no son mis padres, llámalo sexto sentido, intuición femenina, no lo sé, pero siempre he pensado eso.
- Bien, entonces habla con tu mamá y sincérate con ella, no aceptes un no por respuesta, sé firme.
- Gracias, eso haré.

Sintió que debía llenarse de valor, porque no solamente la atormentaba esa idea de su origen, sino esa cosa más, algo que no podía entender que la rodeaba, "el vacío" como le llamaba ella, que la había perseguido toda su vida. No sabía a qué atribuirlo, pero tampoco tenía con quien hablarlo, y no podía explicárselo a Chris pero sentía que la única esperanza para aclarar la duda era Lucinda Washl, sentía que era una ventana a su verdadera existencia, porque estaba plenamente convencida que no era hija de Alice Brecht.

Pero cando la encaró Alice volvió con las evasivas y no hubo forma que la mujer confesara si Jane era su hija verdadera o no, ella lo tomó como una especie de confirmación al ver lo nerviosa que se puso. Aunque ella no eta una mujer cariñosa, entendió que estaba tratando de protegerla de algo, solo que no sabía qué. Por los momentos prefería dejar las cosas como estaban.

Siguió entonces con la misma pregunta ¿Quién era ella? Era la interrogante que había estado dando vueltas en su cabeza toda la vida, y por ahora permanecía sin respuestas, pero la rubia hermosa y el bello caballero parecían estar cerca a responder su inquietud. Tomó un lápiz y lo dibujó, allí estaba él igual que en la foto, con una mirada noble y sintió una sensación cálida en su pecho, algo inexplicable.

Miró la foto de Lucinda y la acercó a sus labios, la besó, y entonces se le ocurrió una idea, la manera de resolver el dibujo que tanto había estado buscando, así que tomó los lápices y las acuarelas y se puso manos a la obra. Trabajó toda la noche, descansando unos minutos para tomar su amada taza de café, mientras veía cómo las formas iban haciendo la composición. Su cara era perfecta, un rostro nórdico, de profundos ojos azules, una cara que parecía rebelarle un pasado oculto.

El día de la exposición Chris estaba emocionado, el montaje había sido realizado con maestría, ella recorrió la exposición con su novio para que él pudiese supervisar la apariencia final de la exposición. Las fotos eran maravillosas, y allí estaba la de ella mirándola en silencio con ese rostro perfecto. Chris había invitado a Lucinda y su hija Stella y eso la emocionaba tremendamente, ya que estaba a la expectativa de lo que podría suceder al verla, y aunque no pasara nada, y todo fuese solamente producto de su imaginación, igualmente necesitaba saber la verdad, qué relación tenía ella con esa mujer y el hombre de la foto, si es que la había.

Años después recordaría ese momento, era 23 de noviembre de 1980 a las 6 de la tarde, ya estaban en pleno otoño y hacia bastante frío cuando se arregló para salir, se puso su trench coat, y botas de invierno. Pensó que ya era hora de hacer el cambio de armario, porque prácticamente estaban llegando al invierno y tenía todo revuelto.

- Bien dijo, pintando los labios de un rojo intenso, apropiado para el otoño.

Se miró y su figura estilizada se veía hermosa y elegante en esas prendas en conjunto con su hermoso pantalón de cuero negro. Sin duda parecía mucho más joven de la edad que tenía, se preguntaba si estaba ella misma martirizándose sin necesidad, en vez de disfrutar su apariencia, de repente en cualquier momento los signos de la edad se harían presentes y entonces ella habría dejado de disfrutar los deleites de tener un cuerpo juvenil por mortificarse pensando en tonterías.

Entonces sonrío, se veía muy hermosa, Chris se quedaría con la boca abierta al verla, entonces tomó su bolso y salió. Cuando llegó a la calle la brisa gélida la hizo retroceder, se paró cerca de la puerta y le pidió al portero que le llamara un taxi. Ella esperó y entonces se montó en el auto, estaba muy ansiosa, su corazón latía de la emoción, faltaba poco para verla. Al fin, luego de tantos meses de buscarla ella estaría allí y podría preguntarle lo que necesitaba saber.

Cuando llegó al museo las piernas casi le temblaban, subió hacia la sala y en la parte del Hall las personas esperaban el momento de la inauguración. Habían muchísimas incluyendo reconocidas figuras de la esfera pública y política, así como diversos ciudadanos judíos que vivían en New York algunos de ellos sobrevivientes del holocausto, otros habían sido ayudados por Lucinda Washl y otras figuras presentes en la exposición.

- Jane, llegaste muy puntual, le dijo Eric.
- Hola Eric, sí no podía perdérmelo, esto se ve increíble.
- Sí, Christopher hizo un excelente trabajo.
- Así es, dijo con una sonrisa deslumbrante, tengo el novio más talentoso del mundo.
- Así parece.
- Sí.
- Y por cierto, te ves hermosa.
- Gracias Eric, tú también te ves muy bien.
- Y, recuerda que tú y yo tenemos una cita pendiente.
- Oh cielos, cierto, disculpa que hemos tenido que ir aplazando, pero ahora casi tengo todas las obras.
- Entonces cuando puedo ir al fin a tu apartamento jajajajaja, tengo el vino guardado para esa ocasión.
- Bien, yo creo que te aviso mañana, tengo que cuadrar algunas cosas.
- Bien, perfecto, necesito ir armando eso, ya el director me pidió la nueva fecha y debo planificar bien todo, lo que vamos a hacer y cómo quieres exactamente que se vean las piezas.
- Tuve una idea excelente para la instalación, estaba como bloqueada con ella, debo confesártelo, pero ahora estoy lista para lograr lo que me había propuesto.

- Y de seguro lo harás, le dijo él fascinado, su cara brillaba de la emoción.

Jane se dio cuenta que Chris tenía razón, la mirada de Eric era la de un hombre enamorado, y aunque ella no estaba interesada de esa forma en él, le halagaba que alguien como así tuviese esos sentimientos hacia ella. Disfrutó viendo su expresión, pero sabiendo que nunca pasaría nada entre ellos dos, aunque francamente él era un hombre muy atractivo, alto e interesante.

En eso sintió que alguien la tomaba por la cintura, era Chris que le dio un beso en plena boca como si nada, cosa rara en él.

- Hola Eric cómo estás.
- Christopher, muy buena curaduría, te felicito.
- Gracias.
- Cómo estás amor, le dijo sin soltarla.
- Bien, le respondió ella un poco sorprendida de su actitud.
- Llegaste muy puntual.
- Te dije que así sería.
- Bien, me alegra.
- Ven quiero mostrarte algo.
- Ok, perfecto.
- Si nos disculpas Eric.
- Claro, no hay problema, entonces quedamos así, me avisas.
- Sí claro, tranquilo, te aviso.

Entonces miró con extrañeza a Christopher, el cual la condujo hacia la zona del buffet.

- ¿Qué fue todo eso Chris?
- A qué te refieres.
- Toda esa bienvenida, beso… y no sé.
- Te dije que siempre te iba a recibir con un beso, ¿recuerdas?
- Ajam, pero, me pareció que había un gatito celoso por allí.
- No es cierto, no estoy celoso de nada.
- Mmm, di la verdad, vi tu cara cuando estabas hablando con Eric.
- No, no estoy celoso Jane, para nada.

- Mmm, bien como tú digas gatito intenso.
- Estoy emocionado.
- Me imagino, yo también lo estoy.
- Por la exposición o por Lucinda Washl.
- En realidad por las dos cosas cariño.
- Bueno, espero que ambos podamos llenar tus expectativas, vikinga.
- Mira, le dijo poniéndole la mano en su pecho.
- Aquí no, has escogido el momento menos adecuado.
- Idiota, me refiero a los latidos de mi corazón.
- Jajajajaa, lo sé tonta, estoy bromeando, cielos casi te va a dar un infarto, no puedo quedarme sin novia ahora, y menos con una tan guapa como tú, mírate luces divina, eres la vikinga más sexy que he visto en toda mi vida.
- Jajajajaja, gracias, eres un payaso, pero uno muy sexy, te ves muy bien con esa chaqueta de cuero, se me ocurren un par de buenas ideas para más tarde.
- ¿Sí? A ver ¿cuáles ideas son esas?
- Mmm tendrás que esperar para saberlo.
- Eres una vikinga mala, muy mala.

De repente se les acercó un hombre alto y delgado de anteojos, era el director del museo, instantáneamente Chris adoptó otra postura, Jane le dio risa al ver el cambio brusco en su actitud.

- Buenas, disculpen que les moleste.
- Señor Peter, cómo está.
- Bien, espero que ustedes estén disfrutando.
- Conoce a mi novia la señorita Brecht.
- Por supuesto, he visto su obra señorita, muy talentosa, estoy ansioso por ver sus trabajos en nuestro museo. Una jovencita tan talentosa como usted siempre es una promesa para las artes plásticas.
- Muchas gracias señor Peter, le dijo aguantando la risa por lo de jovencita.
- Bien Christopher, ya es hora de empezar, ven conmigo.
- ¿Y la señora Washl?

154

- Acaba de llegar, la están atendiendo en la zona de invitados especiales.
- Oh genial, le dijo pero mirando Jane quien le sonrió emocionada.
- Es maravilloso.
- Vamos Jones, le dijo el director.
- Muy bien señor Peter, ya vengo amor.
- Tranquilo ve, le dijo ella tomándole la mano y sonriéndole para desearle suerte.

Ella estaba súper emocionada, así que el director tomó el micrófono y comenzó a hablarles invitándolos para que se acercaran. Jane se colocó cerca de la puerta, deseaba verla en toda su magnitud para apreciar en persona los pequeños detalles de su rostro y sus gestos antes de abordarla para hablar propiamente con ella. Había repasado en su mente todo lo que le quería decir, palabra por palabra, pero ahora que estaba allí sentía que las ideas le colapsaban en la mente.

- Bien, es un orgullo para mí inaugurar esta maravillosa exposición sobre el Holocausto, esta etapa tan oscura de nuestra historia, pero ahora podemos conocer las cosas positivas que hicieron personas, diría yo, maravillosas, que arriesgaron su propia vida para salvar a aquellos que no tenían voz, que estaban indefensos ante la maquinara mortífera del nazismo, y la ignorancia e impasividad de muchas personas. Bien, no quiero repetir lo que ya todos sabemos, me gustaría que mediante esta maravillosa exposición aprendamos a no olvidar. Su curador lo tengo a mi lado, el investigador e historiador Christopher Jones, quien ha sido el responsable de recopilar todo la información de primera mano y quien además ha tenido el privilegio de encontrar importante material que hemos podido disfrutar y al cual ustedes tendrán acceso. Así mismo, hoy gracias a Christopher gozamos de la presencia de una persona que está muy relacionada con el Holocausto y la Segunda Guerra Mundial.

Cuando dijo esto a Jane el corazón le brincó poderosamente dentro de su pecho, tanto que ella se tomó con la mano derecha la parte izquierda como para sostenerla y que el corazón no se le saliera literalmente. La expectativa era tan grande que casi se sentía una atmósfera eléctrica en la sala.

- Bien, lamentablemente hoy no pudimos contar con la presencia de nuestra invitada, la cual por asuntos de salud no ha podido asistir...
- ¡Qué! dijo jane en voz alta, y alguna personas que estaban cerca de ella se voltearon para verla con desaprobación.
- Eh, sé que había muchas expectativas con la presencia de Madame Lucinda Washl, pero lamentablemente ella se encuentra en una situación un poco delicada de salud, pero afortunadamente está aquí con nosotros su hija, quien muy amablemente vino en su representación, la Señorita Stella Ackermann, bienvenida por favor, nos honra con su presencia.

Al tiempo que dijo esto una mujer aún bastante joven avanzó hacia el centro de la sala, era muy rubia y de ojos profundamente azules, alta y espigada, de cabello liso y que con paso ligero se acercó, llevaba una hermosa sonrisa, y destellaba belleza y distinción. Se paró al lado del director Peter, lucía un hermoso enterizo de pantalón negro, y se veía muy hermosa.

- Gracias Stella por acompañarnos hoy, ven por acá por favor.
- Buenas tardes, casi noches, bien, gracias por invitarme, como dijo el señor Peter mi madre no pudo venir hoy por cuestiones de salud, pero lamenta mucho no haber podido venir, bueno, yo humildemente vengo a representar el legado de mi madre, aunque esté, no sé, trillado que yo misma lo diga, y miró a Peter.
- No por favor, continúe señorita Ackermann.
- Bien, gracias señor Peter, eh, jajaja, disculpen no estoy muy acostumbrada a hablar en público, dijo con gracia y se veía realmente tierna. Mi madre, lo digo con orgullo, representa un grupo de personas muy valientes, ella es una más entre

muchas, que lucharon por salvar vidas, personas a quienes tenían secuestradas, torturadas, en fin, e hizo todo poniendo en riesgo su propia vida. Mi madre estuve tres años secuestrada por el programa de Lebensborg, tanto ella como su hija, siendo objeto de experimentaciones por el propio doctor Josef Menguele, pero sobrevivió y gracias al gobierno estadounidense pudo escapar de ese terrible lugar donde la tenían secuestrada. Y bien, me alegra profundamente que esta exposición honre la memoria de todas esas mujeres, algunas están con nosotros, otras ya han muerto y varias murieron cumpliendo su deber, así que muchas gracias por esto, nunca debemos olvidar, el hombre no debe olvidar para que no volvamos a cometer los mismos errores que nuestros antepasados.

- Gracias, dijo Peter conmovido por las sentidas palabras de Stella.

Jane no había perdido detalle, Stella y ella eran muy parecidas, la diferencia era que Stella parecía de su edad, le calculó unos 43 años. Mientras hablaba vio como sostenía el micrófono y un hilo de sudor helado corrió por su frente al ver en su mano derecha el ya conocido lunar en forma de media luna que ella misma portaba en su mano. Su corazón latía con mucha fuerza, deseaba que toda la presentación terminara rápido, tenía que hablar con Stella como fuese.

Christopher la buscaba con la mirada, pero desde donde estaba no la podía ver, tal vez él también había visto el lunar y su rostro expresaba cierta consternación o quizá sólo quería saber si ella estaba decepcionada porque Lucinda no había podido asistir. Ella tragó fuerte cuando terminó la presentación y dieron por inaugurada la exposición. Respiró hondo y cerró los ojos, y con una ilusión en el alma avanzó con paso decidido hasta donde estaba Stella Ackermann.

Capítulo XII. Quién es Amara Ackermann

Sintió las piernas temblando a medida que se le acercaba, muchas personas querrán hablar con ella para saber de su madre y felicitarla por la exposición. Las personas se amontonaban y ella trataba de abrirse paso entre la multitud, poco a poco se fue acercando y ya casi la podía distinguir entre el montón de personas. Entonces Stella se volteó y se le quedó mirando con ojos de sorpresa, todos los demás dejaron de existir por un instante, era como si sólo estuvieses ellas en ese lugar, la mujer comenzó a avanzar hacia donde estaba. Todo se puso en cámara lenta, Jane sentía el latido fuerte de su corazón en la zona de la cabeza, estaba que hiperventilaba, la mujer siguió avanzando hasta que quedaron frente a frente.

Stella le sonrió, y ella le correspondió, había planeado todo lo que le iba a decir, pero de repente su cerebro se puso en blanco y no pudo articular una sola palabra, ni siquiera saludarla, se parecían mucho, eran casi idénticas, rubias, altas y hermosas. Se quedaron en silencio mientras los demás trataban de hablarle pero Stella hizo caso omiso, sorpresivamente la tomó por la mano y la condujo hacia otra parte de la sala donde había un poco más de calma.

- Señorita Stella, no sabe, yo…necesito hablar con usted, desde…

Ella no le respondió simplemente le tomó la mano derecha y la inspeccionó con agudeza, entonces sonrió con satisfacción y la abrazó, ella no entendía lo que estaba pasando. Stella no la soltaba, sintió una energía poderosa por todo su cuerpo, era la primera vez que sentía que alguien le quería de esa manera. Era una sensación maravillosa recorriendo su ser y llenaba cada rincón de su alma. ¿El vacío? Recordó, trató de buscarlo pero ahora era una sensación más dispersa de lo que había sido toda su vida.

- Amara, murmuró la mujer aun abrazándola.

- ¿Qué? Dijo ella soltándola con delicadeza.
- Por fin te encuentro, esto es…y se le salieron unas lágrimas.
- No entiendo.
- Sé que no lo entiendes ahora, pero pronto lo harás.
- Por favor, necesito saber, toda mi vida…
- Toda tu vida has estado buscando quien eres, toda tu vida has sentido como que no pertenecías al lugar donde estás, y estabas en lo cierto, no perteneces allí.
- Quién eres.
- Soy tu hermana.
- ¿Eres mi hermana? Entonces era cierto, vi la foto de ella de Lucinda, y… no sé somos tan parecidas, yo, sentí algo, lo sentí…yo
- Tranquila, estabas en lo cierto Lucinda Washl es tu verdadera madre, la mujer que te crio ella no es tu madre biológica.
- Oh cielos, cielos, no puede ser, dijo anonadada, toda mi vida lo supe, sabes, toda mi vida sentí que era diferente, que no formaba parte de esa familia, buscaba y buscaba tratando de encontrar algo que llenara mi vacío pero nada lo lograba hacer.
- Entiendo.
- Tú también tienes la marca, le dijo mostrándole su media luna con orgullo.
- Así es, nuestro padre André Ackermann la tenía.
- André Ackermann, por todos los cielos, André Ackermann.
- No sé qué decirte, tenemos tantas cosas que hablar.
- Desde que te vi supe que eras tú, Amara, te pareces tanto a mamá, eres idéntica a ella, así igual era ella cuando tenía 26 años.
- Eh, yo tengo…
- 42 lo sé, pero pareces de 26 años.
- Sí, tengo buenos genes.
- Tenemos que hablar, le dijo ella con rostro serio.
- Yo, tengo muchas preguntas.
- Lo sé, y te serán respondida Amara.
- Mi nombre es Jane Brecht.

- Sí lo sé, pero el nombre que te puso mi mamá fue Amara, Amara Ackermann.
- ¿Amara? Amara, es muy sonoro.
- Sí, lo es.
- Oh cielos, no puedo creer esto, dijo emocionada, tú y yo tenemos que concertar una cita, obviamente que hoy no, pero mañana mismo, no podemos esperar más.
- Sí, pasado mañana parto para Inglaterra.
- ¿En serio? ¿Tan rápido?
- Sí, y tú deberás venir conmigo.
- ¿Qué pasa?
- Nuestra madre está enferma, bastante enferma, y ahora que te encontré serías el mejor regalo, que ella te vea, que tú la veas a ella, sería maravilloso, por favor, ven conmigo.
- Por supuesto, le dijo Jane decidida.

Ambas mujeres se miraron con cariño, tan iguales y al mismo tiempo tan diferentes, se tomaron de las manos y sonrieron al ver la media luna que las unía, la clave de su pasado, gracias a ese lunar sabían con certeza que estaban unidas por la sangre y ahora por el amor que habían sentido la una por a otra aun sin haberse visto nunca. Así permanecieron largo rato hasta que el señor Peter vino en busca de Stella y les hizo la observación que se parecían mucho. Las dos sonrieron con idéntico gesto, con sus hermosos labios gruesos y las dos con sus labios pintados de rojo intenso en contraste con la hermosa piel de porcelana.

Al siguiente día, a las cuatro de la tarde se encontraron puntual en Monk's Café, las dos rubias vikingas se sentaron cerca de la calle. Aun observándose la una a la otra, eran casi como dos gotas de agua, y sin querer, ni saber se habían buscado toda la vida.

- Por favor un café expreso le dijo Stella al mesonero.
- Y la señorita qué desea, le dijo con rostro de admiración a Jane, evidentemente interesado en ella.
- Eh, para mí un latte, gracias.
- Bien, algo más, le dijo el chico sin quitar los ojos de Jane.

- No nada más, le dijo Stella divertida por la reacción del muchacho.
- Bueno, parece que tienes mucho éxito con los hombres.
- Sí, jajajaja parezco más joven de lo que soy, ese chico debe tener como 22 años, algo así.
- Lo sé.
- Qué cosa.
- Que pareces más joven de lo que eres.
- Sabes muchas cosas.
- Demasiadas diría yo.
- Y bien, tú sabes muchas cosas y yo tengo muchas interrogantes.
- Entonces haz las preguntas correctas.
- ¿Estuviste secuestrada por los nazis?
- No, no lo estuve.
- Pero dijiste que Lucinda estuvo secuestrada por los Nazis con su hija.
- Sí, pero no me refería a mí.
- Entonces a quién te referías, ¿tenemos otra hermana?
- No, me refería a ti Amara.
- ¿A mí?
- Sí, eras tú Amara, estuviste con mi mamá secuestrada por los nazis.
- Pero, pensé que eras mayor que yo.
- No, yo tengo 38 años y tú 42.
- Cielos, pero, hay tantas cosas que no entiendo, esto es tan confuso, dijo llevándose las manos a la cabeza.
- Mi mamá hace ese gesto también cuando se siente atribulada.
- Stella, no puedo creer que haya estado prisionera de los nazis.
- Hay muchas cosas que ahora no entiendes, pero la verdad preferiría que fuese mi mamá quien te las explicara mejor.
- Pero necesito que me digas tantas cosas.
- Es una historia muy larga Amara.
- Por qué no me dices Jane.
- Porque ese no es tu nombre.

- Y por qué mi madre me dejó, no entiendo como terminé con esa familia.
- No voy a darte detalles, porque eso precisamente corresponde a mi madre explicártelo, y siento que no debo robarles ese momento, pero todo lo que hizo fue por salvarte.
- Entiendo, tú puedes aclararme algo.
- ¿Qué cosa?
- Qué significa Proyecto L.
- Oh cielos, me da escalofríos cuando dices esa palabra.
- Por qué, dime qué significa.
- Significa "Proyecto Lebensborg".
- Y de qué trata eso.
- Usaban niños para experimentar con ellos.
- ¿Qué? Pensé que era para criarlos en masa.
- Sí, eso decían, pero no era así, usaban niños alemanes para hacer experimentos genéticos.
- Qué clase de experimentos genéticos, dijo sintiendo una especie de mareo.
- Estaban experimentando para buscar la inmortalidad del hombre ario.
- ¿Inmortalidad? Dijo y sintió una fuerte punzada en su cabeza.
- Sí, inmortalidad.
- Y…
- Quieres saber si tú eras uno de los sujetos de estudio de ese experimento.
- Sí.
- Sí, tú eras uno de los sujetos de estudio de ese experimento.
- Sabes, dijo ella luego de respirar profundo, siempre he sentido algo diferente dentro de mí, hay un vacío que ahora se ha atenuado al conocerte, pero si te digo la verdad siento mucho miedo, mucho, porque me siento distinta a todas las demás personas y eso da mucho temor.
- Lo sé, y por eso me alegra de haberte encontrado.
- Estuve hace meses en tu haciendo en Chipping Campden, pero ustedes no estaban.

- Sí, es cierto, lo siento, mi madre estaba aquí haciéndose un tratamiento.
- Y de qué está enferma.
- Cáncer, ahora está un poco mejor pero, la verdad no sé qué decirte, estamos luchando.
- Lo siento, no lo sabía.
- Tranquila, le dijo tomándole la mano.
- No puedo creer que al fin nos hayamos encontrado, esto es casi irreal.
- Así es, mi madre contrató tantos investigadores para buscarte, no te imaginas como ha sufrido por hallarte.
- Yo también he sufrido mucho aun sin conocerla, ni saber quién era.
- Me siento feliz por estar contigo.
- Yo también…Ste…hermana.
- Suena tan bonito cuando lo dices.
- Yo también, desde que te conocí siento que al fin mi vida tiene sentido, que todo lo que he pasado tiene forma y propósito. Toda mi vida he sentido que soy diferente a los demás, ahora descubro todo esto, es algo inverosímil, inédito.
- Sólo entiende que eres una persona especial, diferente.
- A qué te refieres.
- Mi madre te lo dirá todo.
- Bien, entonces tendré que aguantar esta intriga un tiempo más.
- Ya hemos esperado bastante.
- Y mi padre, háblame de él.
- Nuestro padre fue el doctor André Ackermann.
- Ackermann, ¿alemán verdad? Qué ironía, precisamente un alemán.
- Sí, él era un psiquiatra alemán que ayudó a muchas personas en conjunto con mi madre.
- Así que trabajaban juntos.
- Así se enamoraron, trabajaron juntos y ayudaron a muchas personas.
- Y él trabajaba en el programa de eugenesia.

- Sí, pero era sólo para ayudar a las personas que estaban presas, para ayudarlos a escapar.
- Que maravilloso, por un segundo pensé que era hija de Volker Furtwangler.
- No cielos, eso sería una verdadera desgracia, ese hombre era un animal, no te imaginas a la cantidad de personas que asesinó, sabes que quiso matar a mi padre, bueno a nuestro padre.
- No lo sabía.
- Mi madre me lo contó todo, es una historia increíble.
- Cuéntame más.
- Ella era espía para el MI6, y su misión era contactar al doctor Ackermann para que desde adentro pudiesen sacar a las personas que eran víctimas del régimen nazi. Pero en esto estaba cuando se enamoró de él, es una historia de amor increíble.
- Ya veo, es maravilloso escuchar eso, no sé, me hace sentir orgullo, que nuestra madre haya hecho todo eso por tantas personas.
- Lo sé, yo ya quisiera ser la mitad de valiente que ella.
- A qué te dedicas.
- Soy diseñadora.
- Oh vaya fascinante, yo soy artista plástico.
- Jajajajajaa, como es que de un psiquiatra y de una espía y militar salen dos artistas.
- No tengo la menor idea jajajajaa, pero si de algo estoy segura es que las dos somos muy guapas.
- Antes me parecía más a ti, pero ahora ya me ve algo mayor.
- No digas eso, te ves muy hermosa.
- Y ese novio tuyo ¿Chris es que se llama?
- Sí.
- Es muy guapo.
- Y tú jajajaja ¿tienes novio?
- Ahora no, tuve un esposo pero me divorcié.
- Igual yo.
- ¿En serio?
- Sí jajajajajaa.

- Bueno creo que no tenemos mucha suerte en el matrimonio.
- Y mi padre, de qué murió.
- Tuvo un accidente.
- Qué lástima, me gustaría haberlo conocido.
- Era un gran hombre.
- Y supo de mí.
- Sí, y trató de buscarte.
- No me digas eso, me dan ganas de llorar, es...no sé...me siento como en una vida prestada, es horrible.
- Te entiendo, pero quiero que sepas que nuestra madre siempre te ha amado mucho, no creas que no es así, ella arriesgó todo por ti, eres el fruto de su amor, ella amaba profundamente a nuestro padre, somos fruto de ese hermoso amor, le dijo tomándole las manos.
- Amara Ackermann, suena bien, es bonito.
- Sí, es la verdad, es quien realmente eres.
- Ay hermana, suspiró, mientras el chico les traía el segundo café de la tarde al mismo tiempo que babeaba mirando a Jane. Jajajajajaaj este chico es muy gracioso, si supiera que tengo 42 años no volvería a mirarme.
- Sí, pero nunca te verás así, Amara.
- ¿Nunca?
- ¿Sabes lo que significa Amara en alemán?
- No, no lo sé.
- Es un hermoso nombre que significa: inmortal, la que nunca muere.
- Inmortal, inmortal, esas palabras hicieron eco en su cabeza, y su mayo temor se volvió realidad.
- Así es, mi madre te lo puso cuando estaban en el campo de experimentos.
- Es horrible saber eso.
- No es tu culpa.
- Sí, pero siento que esa verdad me persigue, y siento tanto temor hermana, no sabes cuánto.
- No sientas temor, mi madre te explicará todo.
- Siento no sé, ansiedad.
- Entiendo, pero cuál es tu mayor temor.

- Ser un engendro, un ser diferente, un fenómeno.
- No eres nada de eso.
- Pero, pero, la verdad no quiero ni mencionarlo, no me atrevo a...
- Sólo espera que escuches a mi madre, entonces sacarás tus propias conclusiones.
- Bien, Amara Ackerman, quién eres dijo mientras su hermana la contemplaba con cariño.

Capítulo XIII. Regresando a Chipping Campden

Otra vez llegaron a la hermosa pradera de intenso verde, sólo que esta vez la nieve ya comenzaba a cubrir los parajes. Completamente abrigadas de pies a cabeza descendieron del vehículo y ella por fin pudo trasponer el ansiado portal de piedra. Avanzaron por un camino de losas y todo el jardín estaba cubierto de nieve, solamente se mantenían los pinos. Imaginó que en primavera sería hermoso, pero ahora parecía un lugar desierto. Frente a ellas se alzaba la antigua construcción de piedra.

- Bueno hermana, llegamos, esto es The Green Cow.
- Qué nombre jajajajaa.
- A mi bisabuela le gustaba hacer ese tipo de bromas.
- Entiendo, guao es como si me contaran mi propia vida, es raro.
- Te entiendo, debe ser difícil.
- Oh cielos, dijo parándose en seco.
- Qué.
- Estoy asustada.
- Tranquila, ven, vamos.
- Mi corazón, se va a salir del pecho.
- Vamos, le dijo tomándola de la mano como señal de apoyo.

Cuando entraron en la casa, el lugar era realmente acogedor, del lado derecho se podía sentir el calor de la chimenea, era un hogar muy confortable. Parecía la sala típica de una revista de decoración tradicional, los sillones estaban cubiertos en la parte superior con tapetes tejidos y en el centro había una alfombra de color ocre que combinaba con el aspecto orgánico del lugar, todas las paredes eran de piedras y tenían su apariencia natural, lo cual le otorgaba el aspecto equivoco de una cueva.

- Es una casa muy particular.

- Sí que lo es, dijo divertida, imaginándose lo que Jane estaría pensando del extraño y excéntrico lugar. Nuestra madre lo ha querido mantener así, porque era el aspecto original con el que nuestro tatarabuelo lo construyó.
- Dios mío cuanto años tiene esa casa.
- Unos 130 años.
- Cielos, es bastante antigua.
- Sí bastante, y ahora es una especie de museo viviente, digámoslo así, incluyendo a las personas que quieren ver a mi madre como si fuese la atracción de un parque jajajajaa.
- Debe ser incómodo.
- A veces, a mi madre le gusta hablar de la guerra, dice que no debemos olvidar lo que pasó, que olvidar puede ser muy peligroso.
- La historia siempre se repite ¿no?
- Así es, ella siempre lo dice.
- Voy a buscarla, espérame aquí.
- Pero… está en condiciones de caminar hasta aquí.
- Sí, tranquila espérame aquí.
- Tengo miedo Stella.
- Lo sé, espérame aquí.

Para Jane los minutos que tardó su hermana fueron eternos, su corazón bombeaba a mil por segundo, se recostó y cerró los ojos para tratar de tranquilizarse. Respiró profundo, no quería que su madre la viera tan exaltada.

- Vamos Jane, cálmate, cálmate.
- Jane, quiero presentarte a alguien, le dijo Stella con voz dulce.

Jane maquinalmente se paró en seco y entonces la vio, era una mujer aun joven, de buena complexión, delgada y alta, un poco debilitada por la enfermedad, pero si no hubiese pasado por una persona por lo menos 10 años más joven. Buenos genes, vino a su mente esa expresión.

- Mamá, sabes quién es ella.

La mujer la miró y entonces sus ojos se humedecieron, asintió y se quedó parada donde estaba, como en shock, mientras unas lágrimas comenzaron a rodar por sus mejillas. Ella también se quedó paralizada, allí estaba por fin ante ella Lucinda Washl, su madre, había llegado al final del camino y la había encontrado.

- Amara, ¿eres tú? ¿eres tú verdad?
- Sí, soy Amara, Amara Ackerman Washl, dijo ella más tratando de convencerse a sí misma que pronunciando el nombre.
- Amara, hija, al fin, dijo tratando de acercarse mientras Stella la sujetaba para que no perdiera el equilibrio.

Lucinda se acercó con cuidado y entonces ambas se abrazaron, la sensación la hizo sentir al fin cobijada, allí supo lo que era el verdadero abrazo de una madre, el calor tierno que nunca había tenido, esa sensación de pertenecer a algún lugar, ahí estaba su hermana y su mamá, ellas eran su verdadera familia. Se quedaron así unos minutos, las tres abrazadas, sintiendo el calor y la sensación de sus cuerpos.

- Te he esperado y buscado toda mi vida, y al fin estás aquí.
- Sí, aquí estoy.
- Mi Amara, mi pequeña.
- Mamá, ven sentémonos.
- Sí mamá, ven, siéntate aquí, para que conversemos.
- Mi Amara repetía ella, tratando de convencerse que estaba allí y que no era una fantasía de su imaginación, otras veces la había soñado, pero ahora era real, allí estaba y era tan hermosa como se la imaginó.
- Voy a preparar un té, dijo Stella con la intención de dejarlas a solas.
- Ven acá, le dijo la mujer señalándole para que se sentara a su lado.
- Está bien, le dijo ella sonriendo pero sus labios temblaban por la emoción.
- Amara, mi niña, Dios mío y empezó a llorar mientras le besaba la frente.

169

- No te pongas así, ahora estamos juntas.
- Toda mi vida, toda mi vida buscándote, pidiendo, rogando, toda mi vida, Dios mío gracias, aquí estás conmigo mi Amara, mi rubia, mi vikinga.
- ¿Vikinga?
- Sí, así te decía.
- Así me dice mi novio.
- Oh tienes novio.
- Sí mamá jajajajaa tengo 42 años.
- Lo sé amor, pero me alegra que tengas novio, ¿y es guapo?
- Sí bastante.
- Tu padre era muy guapo, tú te le pareces mucho sobre todo en los ojos, tienes sus mismos ojos azules, llenos de ternura y bondad.
- Tú los tienes verdes.
- Sí, jajajaa son los ojos de tu abuela.
- Tu mamá.
- No, quise decir tu bisabuela.
- Oh y ¿mi abuela?
- Te diría que está en algún lugar de Albany tomando vino de oporto, pero ya no lo hace desde hace mucho tiempo.
- Norteamericana.
- Sí, Anne Thomas, ese era su nombre.
- Cielos, nuestra familia es como un gran embrollo.
- Así es, jajajajajaaja y tienes sentido del humor.
- Así es, pero no sé de quién lo saque.
- Tu padre tenía mucho sentido del humor.
- Mamá, es raro decirte así, es raro decir esa palabra ahora que tiene un significado diferente para mí.
- ¿Tu familia te trataba mal? dijo con los ojos tristes.
- No mamá, me trataron bien, pero, no lo sé, siempre me sentí como alguien que no pertenecía a ese lugar, había algo que nos distanciaba, mis hermanas siempre me trataron distinto, como si no fuese parte de su familia, y mi madre y padre eran muy secos, no así con mis otras hermanas. En fin, pero no te puedo decir que me maltrataban porque no era así, ellos me dieron todo lo que necesitaba.

- Menos mal amor.
- En parte sí.
- Oh mi Amara yo sólo traté de salvarte la vida.
- Y lo hiciste mamá.
- No te imaginas el dolor que representa renunciar a algo que amas tanto como a un hijo, pero tu vida estaba en juego y eso era lo más importante para mí.
- Así que me entregaste a alguien.
- Sí, una mujer alemana Frau Geissler, ella te sacó de allí, de ese antro donde querían hacer cosas terribles contigo, el doctor Menguele, ese maldito, disculpa, pero eso es lo que era ese hombre, un maldito.
- Josef Menguele, fuiste presa de ese hombre, es increíble.
- Las dos fuimos prisioneras de ese hombre.
- ¿Qué hizo conmigo? Quiero saberlo, toda mi vida me he sentido diferente a las demás personas, siento que lo soy, y ya todos se dan cuenta de ello, no soy normal mamá, soy una creación ¿cierto? No soy una persona normal.
- Eres una persona especial hija, no digas que eres una creación de ese engendro, no digas eso, tú eres una creación de tu padre y mía, te creamos por amor, tu eres fruto de nuestro amor.
- Entonces qué me hizo ese hombre, qué hizo.
- Tengo lagunas mentales, porque estuve mucho tiempo a merced de alguna sustancia que me dejó en coma, no sé, pero ese hombre me inyectaba cosas, contigo dentro, lo que él me puso afectó tu crecimiento.
- Y él sabía que estabas embarazada.
- Por supuesto, él quería experimentar contigo, deseaba crear una…una persona inmortal, un alemán inmortal.
- Y lo logró.
- No, no lo logró, porque no eres alemana pura, así que no logró su propósito.
- Pero el otro sí.
- Eso creo hija, pero no te preocupes, no pienses en eso ahora.

171

- He pensado en eso desde los 35 años mamá, desde que me di cuenta que parezco todo el tiempo de 25 años, que no envejecí normalmente como mis compañeros de la universidad, porque todos siempre se asombran y me ven de una forma extraña, o al menos eso me hace pensar sus miradas.
- No digas eso.
- Es la verdad, sabes la angustia que te genera darte cuenta que no eres como las demás personas.
- Eres especial.
- Si eso que dices es cierto incluso corro peligro mamá.
- Y por eso no debes decirle a nadie quien eres realmente, debemos mantener esto entre nosotros, que los demás crean que eres Jane Brecht.
- Y cuando los demás sigan envejeciendo y yo no ¿qué haré?
- Harás como los buenos espías de antes, cambiarás de identidad, y después te diré lo que debes hacer hija. No tengas miedo, yo te voy a enseñar todo lo que sé.

En ese momento entró Stella con la bandeja del té y las pastas delicadas de almendra, sonriente y las tres mujeres se sentaron al cobijo de la chimenea, conversando y riendo a pesar de la inverosímil situación y de sus consecuencias, Jane nunca se había sentido tan bien en toda su vida. Deseó que todos los días fuesen así, para estar con su verdadera familia siempre. Chipping Campden era su verdadero hogar, al fin había dejado de flotar y el vacío estaba lleno.

La instalación artística fue un éxito, y al tiempo su madre partió con la alegría que haber encontrado a su hermosa y perfecta Amara, su rubia Vikinga.

XIV. El diario de Lucinda Washl

Cuando vi que se lo llevaron esos maldito militares supe que era el momento de enfrentarme con mi destino. Tomé la escopeta que Frau Héller tenía en el armario y mis dos pistolas, las cuales había escondido en la maleta. Me coloqué un abrigo, preparé una caja de sobrevivencia porque sabía que André, si lograba salvarlo, debía huir de los malditos nazis o no sobreviviría. Era el otoño de 1942 y estábamos en plena guerra, y debía salvar como pudiera al hombre de mi vida, así pusiese en peligro la misión.

Fui tras esos cerdos preparada para lo peor, me escondí entre los pinos, debía ser rápida o la vida de André acabaría en un instante. Los encontré y entonces uno a uno los fui liquidando, sin misericordia, al igual que ellos habían hecho con todas esas personas inocentes. Volker tomó de rehén a André, sabía que haría eso, era un maldito cobarde, pero yo estaba entrenada para esas circunstancias, él no esperaría que yo, Dorota Furtwangler, su esposa, sería su peor enemiga.

Así que me puse a descubierto, y él extrañado, desorientado me dejó avanzar, ese maldito animal, lo tenía a tiro, se sorprendió al verme. Mi prioridad era salvar a André, aunque no era parte de la misión eliminarlo, era algo de vida o muerte, así que tomé la decisión de matarlo. Le disparé sin misericordia, él era una bestia salvaje y amenazante que debía ser eliminada, el tiro le dio en el cuello e inmediatamente cayó paralizado y asombrado al piso, sin poder moverse.

- Cuando te disparan en esa zona del cuello quedas paralizado de allí hacia abajo, le dije.
- ¿Qué?
- Pero eso lo debería saber un buen hombre de guerra como tú ¿no es cierto?

- De qué me hablas ¿qué? No entiendo nada desgraciada, qué es esto.
- Volker Otis Furtwangler Weigel Oberstgruppenführer de la SS, ha sido juzgado por crímenes de Guerra y se le encontró o culpable. Se le condena a morir, qué tiene que decir a su favor.
- Dorota, estas más loca de lo que pensé, maldita sea, gritaba incrédulo todavía.
- Qué tiene que decir a su favor señor.
- Dorota qué, qué es esto, eres...eres...
- Capitán Lucinda Washl, agente del MI6, ahora se le condena a morir por crímenes de guerra, le dijo sin dejar de apuntarlo con el arma.
- Rayos, alcanzó a decir Volker, maldita perra, eres una maldita perra. Me estuviste engañando todo el tiempo, rayos.
- Dónde están los prisioneros de la sección Aktion 4.
- Muere maldita perra.
- Dónde están los prisioneros, repito.
- Muérete.
- André, revisa sus bolsillos y toma el arma, le dije.
- No soy tan estúpido para llevar eso a cuestas.
- Lo averiguaré como sea, tarde o temprano, contigo o sin ti Furtwangler.
- Pero entonces todos estarán muertos perra, jajajajajaja, Hi Hitler, dijo pero no pudo levantar la mano para hacer el saludo.
- Ahora muere maldito bastardo, le dije apuntándolo, y entonces disparé el arma sin compasión.

Allí estaba el hombre que me había amargado la existencia por los últimos años, el poderoso Furtwangler, yacía así, acabado, fulminado, por la mujer que creía era su esposa. No sentí remordimientos, porque ese hombre era poco más que un animal, mis sentimientos estaban con André y salvar su vida a toda costa. Pero comprendí que debía proteger algo más importante, la información que permitiría a esas personas sobrevivir a la masacre. Le di a André las instrucciones para encontrarse con Lord

Wellintong quien lograría sacarlo sano y salvo, bajo una identidad falsa hacia Inglaterra.

Juramos vernos otra vez en Chipping Campden, esa era mi única ilusión, esa y que nuestra hija sobreviviera a todo lo que se nos venía encima. Fui interceptada por la fuerza nazi, me descubrieron, el Capitán Klint examinó la escena y encontró los cadáveres e intuyó lo que había sucedido, lo que pasó después fue una verdadera masacre, todos hasta la pequeña Hanna fueron vilmente asesinados. Cuando desperté estaba en ese lugar, en el cual ni siquiera sospechaba que estaría los próximos tres años.

Había pasado meses en coma y mi embarazo ya estaba avanzado, me asusté porque era la primera vez en mucho tiempo que no me sentía bajo control.

-   Frau Furtwangler, un placer que esté ya con nosotros, me dijo el hombre.
-   A qué se refiere.
-   Bienvenida a su nuevo hogar, y su rostro era completamente inexpresivo.
-   Dónde rayos estoy, le exigí.

El hombre no me respondió, pero enseguida salió y entró con otro el cual reconocí con terror en un instante, era el mismo déspota, lo había estudiado por mucho tiempo, y ahora lo tenía frente a frente, disimulé mi turbación. El hombre se me quedó mirando y sonrió con gran entusiasmo, su cara daba miedo, parecía evaluarme como si se tratase de un pedazo de carne, nunca en mi vida había visto una mirada tan tenebrosa como esa, cuando te veía sentías que se te helaba la sangre en las venas.

-   Es perfecta, un verdadero portento, muy hermosa, dijo el desgraciado refiriéndose a mí.
-   El bebé es hembra, dijo el otro.
-   ¡Perfecto! Dijo relamiéndose con morboso entusiasmo.

Sentí una terrible sensación en todo mi cuerpo, miré mi vientre con asombro porque había crecido, entonces me di cuenta que había pasado varios meses en ese estado comatoso, no entendía con claridad la situación, en parte por las sustancias que me estaban suministrando y también por el miedo que me producía ese ser maligno. No sabía si mi situación había sido por el golpe o se trataba de un coma inducido, pero lo cierto es que mi vientre estaba grande, entonces sentí un sudor helado en la frente. El hombre se me quedó mirando, y me habló.

- Tranquila cariño, no te asustes, mi gorrión, de ahora en adelante yo seré tu mejor amigo, y te cuidaré como no tienes idea.
- Quién es usted y qué hago aquí, le dije fingiendo valentía como me habían enseñado.
- No te preocupes por eso, ahora debes calmarte, eso no le hace bien a la bebé, su voz parecía amable, pero yo sabía que ese tono neutral no era natural e incluso me provocó escalofríos.
- Bien, te colocaré esto y te sentirás más tranquila.
- No, no quiero nada, por favor.
- Vamos pequeña, tranquila.

Antes de perder el conocimiento mi cerebro en un segundo unió los puntos vacíos, ese hombre, un experto genetista estaba interesado en mí y mi hija. Me di cuenta que había terminado en la misma boca del lobo, estaba dentro del Proyecto L, en realidad me habría alegrado porque ese era el objetivo final de la misión de no ser porque mi propio bebé sería la víctima de tan horrendo destino.

En ese instante sentí que desfallecida antes de ver el nombre que ostentaba en la identificación el médico "Josef Menguele" decía con claridad, el que más tarde denominarían como "El Ángel de la Muerte", estaba en sus manos, y entonces me desmayé. No supe cuánto tiempo pasó después de eso, pero todos los días ese hombre me revisaba, supervisando el estado de mi embarazo e inyectándome cosas. Yo rezaba porque no le pasara nada a mi hija, pues sabía lo que ese hombre desalmado le hacía a las personas.

Cuando di a luz a mi hija los problemas se acrecentaron, Menguele estaba obsesionado con ella y prácticamente quería estar todo el tiempo atendiéndola, era una relación muy extraña, le decía mi pequeña esperanza. Yo sabía que Amara no era totalmente germana, pero Menguele no, el que lo pensara era su salvoconducto, así que oraba para que no pudieran detectar que en realidad era una niña mitad alemana y mitad inglesa.

No sabía cuánto tiempo había pasado, perdí la noción de este, el doctor Menguele quería adueñarse de mi hija, lo supe por una enfermera alemana, a esta André le había salvado su madre y eso la volvió una ayuda para mí, Frau Geissler estaba de mi lado. Los planes de Menguele eran quedarse con mi hija y luego matarme, no me importaba que pasaba conmigo pero ese hombre no iba a tener a mi hija jamás en la vida.

Concertamos un plan, ella sacaría a mi hija de allí y luego la escondería, buscaría a André y se la daría a él con ayuda de Lord Wellintong, pero las cosas se complicaron y supe por ella que los aliados habían entrado a Berlín, la ciudad estaba destruida y los bombardeos eran constantes. Recuerdo la última vez que vi a mi hija, su cabello era rubio como el sol y sus ojos azules, mi pequeña Vikinga le decía, se parecía tanto a su padre. Me despedí con un beso, y se la entregué a la enfermera, recuerdo la expresión en sus ojitos hermosos y aun siento un nudo en la garganta.

Ella se la llevó, pero el dolor de separarnos era nada al saber que estaría bien lejos de ese malvado hombre. Le dedique la mejor de mis sonrisas y luego me puse a llorar, el dolor era penetrante y sentía que me partiría el pecho, y se quedó allí por siempre. Pensé que moriría y casi estuve a punto de hacerlo, pero los aliados se adelantaron y el doctor tuvo que huir. Los soldados invadieron el lugar, y así logré escapar con vida de ese maldito lugar, apenas podía creerlo, los soldados me sacaron agarrada por el brazo, pensaban que yo también era alemana pero me identifiqué con su líder y al corroborar mis datos me dejaron en paz, nunca supe más nada de esa mujer, no sé porque no buscó a André, tal vez se confundió, no lo sé, quizá pensó que era mejor dársela a una familia normal, que la quisiera, tal vez se la arrebataron de los brazos.

Pero nunca más vi a mi Vinkinga, la busqué por todos lados mas no la conseguí. El único consuelo que tuve fue volver a mi querida

Inglaterra, cuando vi nuevamente la entrada de piedra de Green Cow fue una sensación reconfortante. No lo podía creer, pero sin mi pequeña nada tenía sentido, estuve mucho tiempo deprimida sin encontrarle un sentido a mi vida. Hasta el día que mi abuela me dijo que alguien me buscaba, me extrañó, pero fui a ver y allí estaba él, por todos los cielos era André.

Las lágrimas llenaron mis ojos, me tiré sobre él ante el asombro de mi abuela, era mi André, había sobrevivido. Le conté todo lo que había pasado y buscamos a nuestra hija por años y décadas pero eso nunca pasó, nunca más la volvía a ver. Sin embargo la vida me daría una alegría, nuestra pequeña Stella. Amara se quedó como un eco vacío en mi corazón y nada podía llenarlo, como si me fuesen quitado un trozo del alma, sabía que ella no moriría, porque Menguele, a quien le gustaba jugar a ser Dios así lo había estipulado, su existencia era peligrosa para la humanidad, y para ella misma, corría grave peligro sin saber quién era realmente, una pregunta, tan sólo una palabra y podría pasar lo peor, esperaba lo mejor, que ella estuviese bien donde quiera que la vida la fuese colocado.

Estas son las últimas palabras que escribo en este diario, todavía siento la esperanza de encontrarla algún día, sé que eso va a pasar, sé que volveré a ver su carita, esos hermosos ojos azules y su piel de porcelana, mi pequeña Vikinga sé que estarás conmigo algún día.

Cuando Amara terminó de leer la última hoja del diario rodaban lágrimas por sus mejillas, había leído ese cuaderno tantas veces y aun no podía contener el llanto, nunca pudieron descubrir porque la enfermera Geissler la había entregado a esa familia y no a André, pero al menos le había salvado la vida para no terminar siendo criada por un monstruo como Menguele. Habían pasado muchos años desde la última vez que vio a su madre y también a su hermana Stella, a su novio Chris, Eric, y muchas otras personas más… Los años siguieron transcurriendo, muchos de ellos, como lo deseó el doctor Menguele ella nunca envejeció, fueron 100 años y ella seguía igual, parecía una chica de 25.

La vida ahora era muy distinta, pero ella sabía cómo pasar desapercibida sin que nadie se diera cuenta, había aprendido de su madre y de otras personas. Su vida consistía en vivir el momento, la vida efímera que tuviese en ese instante, ser discreta para no ser descubierta. Era casi como si todavía estuviera en la Segunda Guerra Mundial, como si todavía siguiera huyendo del doctor Menguele, ese era el destino que le había tocado, y debía seguir sobreviviendo por los siglos de los siglos...

FIN

Si te ha gustado este libro, por favor déjame una reseña en Amazon ya que eso me ayudará a que lo lean otras personas.

Otros libros de mi autoría:

Azul. Un Despertar A La Realidad. Saga Libros 1-6

Adicta A Tu Aroma. Flor Divina del Desierto. Saga Libros 1-6

Profundamente Violeta (Libro 1)

Íntimos Deseos. Una Novela Romántica de Mercedes Franco Sagas Libros 1-3

Secretos Inconfesables. Una pasión tan peligrosa que pocos se atreverían. Saga No. 1, 2 y 3

Secretos y Sombras de un Amor Intenso. Saga Libros 1-3

Rehén De Un Otoño Intenso. Saga Libros 1-3

Las Intrigas de la Fama Saga Libros 1-3

Gourmet de tu Cuerpo. Pasiones y Secretos Místicos Saga Libros 1-3

Pasiones Prohibidas De Mi Pasado. Saga Libros 1-3

LOVECOINS. ¿Y si el amor fuese una criptomoneda...? Saga Libros 1-3

Hasta Pronto Amor. Volveré por ti. Saga Libros No. 1, 2 y 3

Amor en la Red. Caminos Cruzados. Saga Libros No. 1, 2 y 3

Oscuro Amor. Tormenta Insospechada. Saga Libros No. 1, 2 y 3

Mis libros de Fantasía y Romance Paranormal:

Inmortales. Génesis. El Origen de los Vampiros. (Libro No. 1)

Metamorfosis. El Legado Secreto de los Vampiros Saga Libros No. 1, 2 y 3

Reina de la Oscuridad. Una Historia de Romance Paranormal Saga Libros No. 1, 2 y 3

Seduciendo al Vampiro. Desafío de Fuego. Saga Libros No. 1 al 6

Dinastía de las Sombras. La Oscura Corona. Saga Libros No. 1, 2 y 3

Corona de Fuego. Saga Libros No. 1, 2 y 3

Oscura Dinastía Saga Libros No. 1, 2 y 3

La Furia y El Poder De Las Sombras Saga Libros No. 1, 2 y 3

Otros Libros Recomendados de Nuestra Producción:

Contigo Aunque No Deba. Adicción a Primera Vista Saga Libros 1 y 2
Autora: Teresa Castillo Mendoza

Atracción Inesperada Saga Libros 1 y 2
Autora: Teresa Castillo Mendoza

Deseos Embriagantes.
Autora: Teresa Castillo Mendoza

El Secreto Oscuro de la Carta (Intrigas Inesperadas)
Autor: Ariel Omer

Placeres, Pecados y Secretos De Un Amor Tántrico
Autora: Isabel Danon

Una Herejía Contigo. Más Allá De La Lujuria.
Autor: Ariel Omer

Juntos ¿Para Siempre?
Autora: Isabel Danon

Pasiones Peligrosas.
Autora: Isabel Guirado

Mentiras Adictivas. Una Historia Llena De Engaños Ardientes
Autora: Isabel Guirado

Intrigas de Alta Sociedad. Pasiones y Secretos Prohibidos
Autora: Ana Allende

Amor.com Amor en la red desde la distancia
Autor: Ariel Omer

Seducciones Encubiertas.
Autora: Isabel Guirado

Pecados Ardientes.
Autor: Ariel Omer

Viajera En El Deseo. Saga No. 1, 2 y 3
Autora: Ana Allende

Triángulo de Amor Bizarro
Autor: Ariel Omer

Contigo En La Tempestad
Autora: Lorena Cervantes

Recibe Una Novela Romántica Gratis

Si quieres recibir una novela romántica gratis por nuestra cuenta, visita:

https://www.librosnovelasromanticas.com/gratis

Registra ahí tu correo electrónico y te la enviaremos cuanto antes.

Made in the USA
Middletown, DE
12 April 2021